TRÉNELLE

Steven Clerima

TRÉNELLE

La Belle Étoile

Aux générations passées et futures,
à Ginette,
à Siam.

Trénelle était un morne si escarpé qu'il fallait par temps de pluie crapahuter dans la pente à quatre pattes pour ne pas y glisser. Charrier à la force des bras tout ce dont on a besoin pour vivre. Lever les pieds bien haut dans le chemin pour ne pas exploser les stupides crapauds qui ne sautaient jamais droit. Marcher tête baissée pour ne pas s'enrouler les chevilles dans les anneaux du serpent à tête de Vache-qui-rit. Un morne où les gens ne parlaient jamais doucement, sauf pour murmurer des ragots, où il valait mieux s'enfiler un dernier coup de feu dans le gosier et sombrer ivre mort plutôt que de réfléchir au lendemain. Un coin trop inaccessible pour que les voitures de l'en-ville puissent y ramener leurs pétarades nouvelles et ajouter au vacarme de la forêt, trop reculé pour être la France décrite dans les manuels scolaires. On y construisait sa case en bric-à-brac de fûts de pétrole, bois-caisse, caisses-morues, briques et bouts de tôles. Tout tenait jusqu'à la prochaine tempête. Il fallait alors tout recommencer pour se hisser à nouveau vers le ciel.

À Trénelle, les enfants, qu'on appelait *timoun*, étaient soit dehors-sauvages soit dedans-dressés. Ils devaient se rendre à l'école en file indienne, le plus âgé devant, le plus jeune derrière, rester silencieux en toute circonstance, ne jamais répondre à un adulte sans y avoir été invité.

Un morne aux 1 000 mamans où les papas étaient nulle part – et partout à la fois.

Malgré le gros roseau

Tout Trénelle faisait encore dodo, mais Max n'arrivait pas à fermer ses paupières. Plus il faisait sombre, plus il écarquillait les yeux comme le *manicou* pris la patte dans le sac de fruits. Pourquoi les arbres sont si cauchemardesques lorsqu'ils ne sont pas baignés de soleil ? Max distinguait à peu près les corps ronflants des Jobello, Sarotte et Maurice, qui formaient sur le sol des bosses inquiétantes. Il avait plu comme vache qui pisse durant une bonne partie de la nuit et l'eau se frayait maintenant un passage dans le collage instable de tôles, puis gouttait dans des seaux disséminés à droite à gauche.

Max prit son courage à deux mains et se hissa hors de sa couche, tentant de ne pas réveiller par maladresse les autres qui dormaient tout près. Sur la pointe des pieds, il sortit de la chambre des *timoun* et traversa la grand-pièce plongée dans la pénombre pour voir d'où venait son inquiétude. La veille, à la lueur de la lune qui se faufilait par la fenêtre, Man Suzanne avait essayé de trouver les bons mots pour rassurer son fils.

— *Yich mwen* – mon fils, j'entends que tu te lèves avant le coq. Il faut dormir la nuit, *timoun* – mon garçon. Rien ne peut t'arriver, le mauvais œil n'entre pas chez Marraine Médouze, tu peux être tranquille.

— Tu ne viens pas te coucher, toi ?

— On ne pose pas de questions aux grandes personnes. Tu sais ça. Ça ne te regarde pas. Elle lui enfonça tendrement le doigt dans la poitrine. Tu es un grand garçon, il faut dormir maintenant.

Plus facile à dire qu'à faire.

Max sentait que ça ne tournait pas rond. Qu'on ne lui dise pas que c'était son imagination : Man Suzanne désertait la chambre tous les soirs ! Il enjamba quelques cuisses et bras et passa un bout de tête à l'extérieur. C'était encore trop noir pour apercevoir quoi que ce soit. Les poules et les cabris somnambules perçaient le silence de petits gloussements inoffensifs.

Lorsque le vent vint, crapuleux, lui frapper la nuque, Max fut pris d'un frisson de peur comme seule la nuit vous flanque et fit *illico* demi-tour pour se recoucher, le cœur battant à 1 000 à l'heure et le drap tiré jusqu'à son front trop chaud. Les minutes passaient, repassaient et il n'arrivait toujours pas à trouver le sommeil, le regard vissé sur les goyaviers ondulant dans le vent. Caressant gentiment la tôle de ses longues feuilles, le roseau gardait l'entrée et enflammait de pourpre la case. C'étaient les plantes préférées de Marraine Médouze qui mettait ces géants en pot en leur charabiant d'une voix douce et complice des formules incompréhensibles. Max, *ti manmay* – petit garçon – qu'il était, se pointait doucement derrière elle et ouvrait grand les yeux pour voir comment elle faisait. Elle sentait toujours sa présence dans son dos.

— Approche, *ti* Max, disait-elle en agitant son bras alourdi de gros bracelets de perles flamboyantes. C'est du roseau. Du roseau des Indes. Tu vois, tu le reconnais facilement avec les grosses plantes roses comme ça, avec les feuilles grosses-grosses comme ça, là, répétait-elle en les caressant délicatement. Le roseau protège du mauvais œil. Il fait fuir le *diab'*. Quand le *diab'* voit ça, *ah-ah-ah*, il part en courant ! *Sé pou sa mwen ka planté sa douvan caz la, sé pou protégé nou kont sa paské nou pa sav lè diab' ka pointé tet li.* Je les plante devant la maison pour nous protéger contre le *diab'* parce qu'il peut débarquer à toute heure. Autour, la nuit, il y a des zombis qui rôdent, *timoun*. Tu vois les arbres, au-dessus de toi ? Les zombis sont aussi hauts, ils n'ont pas de tête, pas de bras, ils arrivent des campagnes, *katakat-katakat-katakat*, ils marchent longtemps pour arriver jusque devant les cases, *katakat-katakat*, ils n'ont rien d'autre à faire que de vagabonder toute la nuit, *katakat-katakat-katakat*. Tu dois faire attention que le zombi ne t'emporte pas. Car une fois qu'il t'a pris, c'est pour de bon.

Et puis après, Marraine Médouze imitait le zombi en martelant la terre d'un pas lourd, les yeux grands ouverts et vitrailleux fixant Max. Son visage était si près du sien qu'il voyait son propre reflet paniquer dans ses pupilles. Elle reprenait de plus belle en se dandinant :

— Mais ici, là, quand le zombi arrive devant la case, *katakat-katakat-katakat*… il s'arrête… il se baisse… et il compte les grains de terre dans les pots, *UN ! DÈ ! TWA ! KAT' ! Et cetera*, et le temps qu'il fait ça, le jour se lève déjà et il doit alors repartir dans la forêt. Voilà, il faut respecter *plant'* là parce que ça va décourager les créatures. Mais, c'est pas tout ! Si le zombi finit de compter les grains, alors là le zombi est effrayé par les grandes feuilles. Elles repoussent. Dans tous les cas, c'est bénéfique.

Ces grands arbres taille « zombi » tanguaient pas mal, dansaient, remuaient dans les alizés. Non, Max n'était pas rassuré, il tâchait de se concentrer sur le ronflottement familier et régulier de sa sœur Dina. Elle avait l'air paisible. Elle n'entendait pas ces choses ramper dans les hautes herbes. Max, lui, les voyait ces ombres massives parcourir les branches, des ailes d'un blanc électrique battre dans la poussière d'étoiles, le sable glisser fou-fou sur la terre, au loin le boucan de la rivière déchaînée. En temps normal, il faisait clignoter ses paupières et le monstre reprenait sagement sa forme de goyavier simplement tourmenté par le vent et planté racine. Mais cette fois, pardonnez son inquiétude, ce n'était pas la nuit qui lui jouait un tour. Une forme humaine rôdait parmi les arbres à pain. Il avait beau se pincer le creux du bras, frotter ses yeux humides, quelque chose errait autour de la case.

Une forme monumentale, doucement, quitta les feuillages noirs du dessous-racines des bois pour s'approcher de la fenêtre et poser sur *toi* son regard jaune.

Man Suzanne

Hormis la nuit, Trénelle t'est encore douce ti Max
Le temps des arrivées en vrac, de la débrouille,
du où-je-mets-les-pieds et du pousse-toi-que-je-m'y-mette
des kilos d'entraide
on se serre les coudes
on partage les branches de tous les arbres
Partout sur le gros morne, les gens des campagnes déballent leur baluchon
Colline vide bientôt peuplée à rebord par des femmes et des hommes
et des timoun et des animaux
Trénelle oui est encore tout' douce.

Max poussa la porte de tôle transpercée par le soleil enfin naissant et respira de toutes ses forces l'excellente odeur du manger-matin émanant des cases voisines. Les arbres se hissaient majestueux et verts au-dessus de la colline. Les fougères arborescentes étoilaient le ciel bleu de leur forme-flocon. Les *tites gounouy* taisaient une à une leur croassement pour laisser place à l'orchestre matinal des coqs et des poules. Le calme et le bleu nuit avaient progressivement abandonné le ciel au profit de couleurs chaudes, rosées et rassurantes. Max balaya lentement du regard les jardins où s'agitaient déjà voisins-voisines, l'enclos des poules qui gambadaient, comme fraîchement alcoolisées, il fit le tour de la case à toute allure en dérapant dans la poussière, scruta le potager là-bas, derrière, et manqua de se prendre le stupide cabri de Voisin Albè. Pas de Man Suzanne à l'horizon. Il fallait lui dire pour la nuit passée, n'est-ce-pas ? Il retourna à l'intérieur et se jeta sur sa grande sœur, dont les yeux étaient encore collés de nuit.

— Dina, Dina ! Tu as vu maman ?

— Mmh… Je dors.

— Tu as vu maman ? répéta Max en lui secouant l'épaule.

— *Mmmmh*… Je dors, Max !

— Je cherche maman. Tu sais où elle est ? C'est important !

— Je sais pas moi, laisse-moi tranquille, tu vois bien que je dors, répondit-elle en disparaissant sous son drap.

Pas de Man Suzanne *déwo*. Pas de Man Suzanne *didan*. La rivière peut-être ! Max dévala la pente menant à la grande rivière Madame en contrebas, il évita la poignée de mamans qui remontaient, leur veille de vaisselle en équilibre sur le haut du crâne. « Attention, *timoun* ! Si je fais tomber le linge *pwop*, tu vas tout me ramasser et tout me relaver, hein ! » disaient-elles en l'esquivant.

La Madame était calme ce matin, bien pleine aussi, car il avait plu toute la nuit. Plus que pleine, l'eau débordait. Des compères criaient : « La Ligue a ferméééé ! La Ligue a ferméééé ! » Sur le terrain, petits et grands jouaient à la boule et reproduisaient les exploits du Golden Star de Fort-de-France. Un coin était réservé aux sports ennuyeux, telles la marelle ou la ficelle à sauter. Dina y jouait lorsque Man Suzanne lui donnait la permission.

Pendant la nuit, la rivière avait recouvert le sol sablonneux de mille choses qu'elle cachait dans son lit. Grosses ou petites roches, algues vertes ou brunes, crapauds morts ou encore sautant, crevettes *gran bouc* ou gros mordant, écrevisses *z'habitants* ou poisson *queue rouge*. Des compères débarrassaient le terrain de ces choses. Ensuite, ils enlèveraient les pierres, remettraient du sable, puis laisseraient sécher. La Ligue serait ouverte dès le lendemain. Max reviendrait peut-être les aider, mais il s'était avant tout mis en tête de retrouver Man Suzanne. Il prit le sentier au nord de la Ligue en prenant soin de ne pas écraser de ses pieds nus une pince de gros mordant – 9 sur l'échelle de la douleur.

Au bord de l'eau, des dizaines de femmes trempaient énergiquement leur linge sale dans la rivière, d'autres faisaient leur toilette, tandis que des oiseaux plongeaient à pic pour choper des poissons et des restes de manger-matin avant que ces derniers ne disparaissent nourrir les rapides. Max ne s'approchait jamais trop de l'eau, de peur de se faire aspirer par Bèt Long ou Tête-Vache-Qui-Rit, ainsi que l'appelait Grand Frère Claude. On racontait que Tête-Vache-Qui-Rit était un serpent mortel d'une dizaine de mètres ; il s'enroulait profond dans les algues, se faisait oublier pendant des jours, puis jaillissait, féroce, à la surface pour attraper les *timoun* par les côtes et les emporter dans les flots, leur croquer les mollets et les engloutir lentement au fond de l'eau. Non, non, non, quel enfer ! Max ne voulait pas mourir noyé ou étouffé dans les anneaux de Bèt Long.

Man Suzanne lui racontait l'histoire d'une jeune fille tombée dans la rivière sans que personne puisse la secourir, alors elle avait dérivé jusqu'à l'en-ville. Par tu-ne-savais-quel-miracle, elle ne s'était pas brisée contre les roches, ni noyée dans le tunnel qui entre dans l'en-ville, elle était ressortie vivante là où les pêcheurs déversaient leurs poissons de mer devant le marché, elle avait dégouliné dans le canal Levassor, dérivé, dérivé, dérivé, et était tombée à jamais dans l'océan, sûrement dévorée par les requins ou engloutie par une baleine bleue. Oui, mieux valait rester à distance de la rivière.

Max adorait se nicher à la cime des arbres. Il monta très haut dans le grand arbre à pain qui marquait la limite avec le terrain de la voisine. Une de ses branches, située à l'est du tronc et moins pourvue de fruits, offrait une vue dégagée pour espionner les alentours.

Ton endroit préféré
Ton refuge
Voir sans être vu
Les arbres sont ta liberté.

Le quartier était un gigantesque jardin où se dressaient corossoliers, citronniers, goyaviers, manguiers, cacaoyers, mais, surtout, des centaines d'arbres à pain comme le sien. À Trénelle, les cases étaient resserrées à flanc de colline, séparées les unes des autres par de grands arbres fruitiers.

Personne n'était vraiment chez soi à Trénelle, mais tout le monde était à la maison. Les terrains n'étaient pas définis, les accords et désaccords se réglaient face à face : on disputait les limites de son chez-soi en inventant des lois nouvelles, de faux décrets et d'autres j'ai-raison-tu-as-tort. Peu d'habitants pouvaient se vanter d'habiter seuls et de posséder un terrain. Avoir un coin de terre rien qu'à soi pour faire pousser des légumes-pays représentait déjà beaucoup, quitte, de temps à autre, à se bagarrer un *pié-dachine-chou-de-Chine* par-ci, une branche à pain par-là. On s'empoignait gentiment : « *Konpè, attention hein mwen konèt missié li mè Fodfans !* – Camarade, fais attention, je connais le maire de Fort-de-France ! »

Le bruit des lames de coupe-coupe, qui s'aiguisaient, claquaient sur le sol, mais jamais ne s'entrechoquaient, annonçait les disputes. On parlait, on s'insultait, on haussait le ton, mais on se réconciliait, car la mode était au partage et à l'entraide.

Partage de parcelles, de maisons, de pièces, de vivres, de moutons. Les branches passaient au-dessus des cases, venaient chatouiller les fenêtres de sorte que les plus chanceux pouvaient attraper les fruits sans bouger de leur cuisine. Les gros avocats, les pommes-cannelles, les prunes de Cythère, les *quénettes*. Max aimait parcourir le quartier en se baladant d'arbre en arbre comme Zembla, son héros de BD préféré. Le but du jeu était de passer le plus vite possible à travers les branches sans poser le pied par terre. Comme les autres compères ne pouvaient pas le suivre là-haut, il restait à l'écart. Un jour, quelqu'un l'avait appelé « Solo » et ce surnom le colla longtemps. Au début, on demandait « Où est Max ? » et on répondait « Solo ». Puis on finit par demander directement « Où est Solo ? »

Le temps commence à être long
Man Suzanne est introuvable ce matin
Man Zabel te suit du regard
Il y a toujours une Man quelque chose partout où tu vas.
Man Zabel, Man Kanouch, Man Mathurine, Man Zette,
Man Fwansoi, Man Fwancine.

Sur sa branche, Max jouait avec les feuilles touffues, juste pour voir si Man Zabel pouvait le voir. Il était passé maître dans l'art de la dissimulation. Les nuages laissaient place à Fort-de-France qui se découvrait peu à peu à sa vue. Au loin, les fines traces d'écume de bateaux sillonnaient l'eau de la baie. Leurs mouvements marins quadrillaient la mer de traînées blanches *que tu t'amusais d'ailleurs souvent à suivre du doigt, la bouche grande ouverte.* Les forêts vallonnées de Trénelle séparaient la mer des mornes et enlaçaient de vert le bleu Caraïbes de la baie des Flamands. De la pente dont on ne voyait guère l'en-bas, Max comptait le nombre de palmiers pompons de la place de la Savane et essayait de distinguer les petits points, bonshommes et voitures, qui se baladaient dans la ville. Les oiseaux fonçaient droit sur le clocher ocre de la cathédrale Saint-Louis, mais évitaient toujours l'impact.

Soudain, un boucan démoniaque vint sortir Max de ses rêveries. Il se redressa ; d'où venait le bruit ? Du poulailler voisin. Max aurait pu parier 20 francs que c'était encore un coup d'*Edwa-volè-poule* – Édouard voleur de poules –, sa spécialité c'était de dérober la volaille du voisinage pour la troquer plus loin sur le bord de la grand-route : UNE POULE = 10 FRUITS À PAIN. 10 FRUITS À PAIN = AN LO' MANGÉ. Edwa finit par sortir de la pénombre, deux poules dans chaque main, attachées par les pattes, tête en bas, un élastique bouclant leur bec. Après un court salut de la tête à Max, le gamin s'enfonça dans les fougères sur le sol mousseux, vers l'une de ses nombreuses cachettes secrètes. Plein d'assurance, Max bombait le torse : qu'Edwa essaie de voler les poules de Man Suzanne et il verrait de quel bois Max se chauffait ! Gare à lui !

Max pensait à ces poules qu'Edwa volait et revendait aux mêmes couillons. De pensée à pensée lui vint une idée. Était-il bête ! Man Suzanne devait être en ville, au marché peut-être ? Elle serait de retour incessamment sous peu. Pas de panique. Toujours fixant l'horizon, Max oubliait la notion du temps, rêvassait la bouche grande ouverte, comme à son habitude. *Cric-crac*, il sentit un poids sur sa branche qui s'affaissait un peu et des doigts familiers lui claquer la bouche d'un geste rapide et sec.

— Ferme ton bocal, *ti* Max ! *Ou kai valé an dimwazèl* – tu vas gober une libellule !

Claude, toujours à t'enquiquiner.

Heureusement, il n'habitait pas sous le même toit que Max, enfin presque pas. Il avait été séparé de Max et de Dina des années auparavant, lorsque son père, vêtu d'une chemisette blanche rentrée dans un pantalon ample, avait fait irruption chez Caz Médouze en criant sur Man Suzanne : « Mon fils ne reste pas dans ce clapier, hors de question ! » Man Suzanne l'avait accusé de vouloir récupérer Claude pour travailler à la place de ce bon à rien qui ne descendait jamais prendre son pain quotidien.

Claude était alors allé vivre avec son père quelques rues plus haut, bon, dans un autre clapier. Max lui avait rendu visite plusieurs fois, c'était juste à côté. Les deux cases étaient tellement proches que personne ne savait à qui était le mouton attaché au mitan.

Max avait compris depuis longtemps que Man Suzanne avait eu d'autres enfants dans le quartier, avec un autre papa, car elle avait connu plusieurs hommes avant sa naissance. Seule Dina avait « le même père que toi », celui dont personne ne voulait parler, ni prononcer le nom. Un gros secret. Il apprit tôt que son grand frère était son demi-frère. Ils se ressemblaient tellement que personne ne le croyait du reste. Marraine Cornélie se trompait tout le temps dans les prénoms : « Clau... Max, *eh*, Claude, tu me portes mon sac ? » Après le *kidnapping* (terme employé par Man Suzanne elle-même) de Claude, Max remontait dans son arbre à pain dès qu'un inconnu passait devant la maison. Il était très bien avec sa Man Suzanne, et pour rien au monde il n'aurait voulu qu'on l'emmène ailleurs. Alors, il s'accrochait à ses jambes pour qu'elle ne l'abandonne pas. Man Suzanne le prenait sur ses genoux et lui murmurait de ne pas s'inquiéter. « Que tu te rassures, ton père à toi ne viendra pas te chercher ! »

— Ça va petit frère ? Tu te caches ?

— Je cherche maman. Tu l'as vue ?

— Pourquoi ? Tu veux ta becquée du matin, mon *ti colibri* ? disait Claude en lui pinçant la joue.

— Non, j'ai quelque chose à lui raconter.

— Quoi ?

— C'est pas à toi que je veux le dire, c'est à maman.

— *C'est pas à toi que je veux le dire, c'est à maman* ! l'imita Claude. Je m'en fiche, comme tu voudras !

Les deux garçons se penchèrent. Une dizaine de mètres en contrebas, un attroupement s'était formé autour de Missié Henri, des voix s'élevaient. Ni une ni deux, les frères attrapèrent le tronc à deux mains pour redescendre et voir ce qui se passait. Un bêlement les mit sur la piste. Missié Henri avait rapporté une délicatesse du marché : un énorme mouton d'une centaine de kilos au moins. Chacun accourait pour obtenir un morceau de choix. Missié Henri, aidé d'autres hommes, tua l'animal, puis taillada à la machette des bouts de viande plus ou moins généreux pour les distribuer. Premier arrivé, premier servi ! Max et Claude se frayèrent un passage dans la foule en écartant les avant-bras rigides et velus qui les séparaient du trésor. Ce n'était pas tous les jours qu'il y avait de la viande au menu. Ils essayèrent en vain de choper un bout, mais Voisin Henri faisait passer les morceaux au-dessus de leur caboche alléchée. Haut comme quatre pommes, Claude interpella Voisin Henri :

— Je peux en avoir, *Missié* Henri ?

— Appelle ton père, *timoun*, je donne pas aux enfants, répondit-il simplement sans détourner son regard de la bête.

Tu pilotes ton bolide à toute vitesse dans le dédale d'escaliers et de chemins
À cause de la chaleur étouffante des premières heures
tu peines à maintenir ton nouveau jouet en lévitation
à la force de tes bras, mais tu t'accroches
un magnifique guidon de vélo argenté
Tu cours à 1 000 à l'heure, personne ne peut t'arrêter
Tu t'imagines tantôt pourchassé par une grosse bête qui veut te manger
puis dans la dernière ligne droite d'une course de voitures
À chaque virage tu dérapes avec un bruit de bouche qui crisse

et tu jettes un coup d'œil par-dessus ton épaule
tu tiens tes adversaires à distance
Malgré la vitesse, tu distingues les regards désapprobateurs de Man Machin et de Missié Untel
lorsque tu passes à toute allure en remuant la poussière devant chez eux
Puis là,
à l'endroit où la rivière devient petit ruisseau puis grand bassin.

La silhouette de Man Suzanne se distingua enfin dans la lumière orangée du petit matin. Sa chevelure frisée noisette, son visage doux qui réfléchissait les rayons du soleil passant-cassant dans les plus hautes branches. Son gigantesque panier sur la tête et un bras replié sur la hanche, elle détachait d'un bras langoureux les fruits orange des *pié-zabrico*. Ses mouvements étaient plus lents que d'habitude, les quelques marches qu'elle grimpait une à une paraissaient être une tâche compliquée ce matin.

Sentant la présence de Max derrière elle, Man Suzanne se tourna vers lui avec un grand sourire. Le ventre aussi rond que la lune lorsqu'elle est pleine.

Leçon de choses

LA *GROUNOUY*

*L'hylode de la Martinique (*Eleutherodactylus martinicencis*), également appelée* gounouy *ou* grounouy *en créole, « rainette brune » en français, est une minuscule grenouille translucide et endémique des Petites Antilles. Dès la nuit tombée, elles se hissent par milliers sur les arbres et les murs de toute case grâce à leurs disques digitaux et tapissent l'obscurité d'une mélodie régulière et charmante. Lorsque le matin tu ne les entends plus et qu'elles laissent tout le silence au coq, c'est signe qu'il est l'heure de se lever.*

Potomitantes

Les jours qui suivirent, Max et Dina observèrent du haut de leur arbre leur Man Suzanne qui courbait l'échine dans le potager pour y ramasser des herbes. À cause de son ventre, elle peinait à atteindre les plantes les plus basses et jetait son coupe-coupe au hasard en poussant des gémissements de douleur.

— Venez m'aider au lieu de me fixer avec vos yeux de morue morte !

Max avait vu d'autres grosses femmes auparavant, mais il n'avait jamais pensé que cela pourrait arriver à sa maman. Son ventre était énorme, il n'y avait pas d'autre mot. C'était arrivé en une nuit ?

— À ton avis, qui a fait ça ? chuchota Dina à Max.

— Je sais pas, mais l'autre jour, j'ai vu quelque chose rôder autour de la case…

— Ah oui ?

— *Mmh mmh.* Je n'arrivais pas à dormir. Et j'ai vu quelque chose s'approcher. De ma fenêtre.

— Quelque chose comment ? demanda Dina en grimaçant.

— *I té ni an tèt nom* – ça avait un visage d'homme. Attention. Comme un homme, mais un homme sauvage. Et des yeux jaunes comme le serpent sur le livre à l'école-là.
— Des yeux jaunes ?
— Tout jaunes, oui.
— Comme sur le livre.
— *Mmh mmh.*

Chez Caz Médouze, Marraine du-même-nom accueillait des femmes déracinées, abandonnées ou veuves. Des femmes seules. Des femmes comme Man Suzanne. L'éducation des enfants était l'affaire de la communauté. Tout comme Dina et Claude, trois cases plus loin, Max recevait une éducation stricte, mais juste, dispensée par leur Man Suzanne et d'autres *man-mans* et marraines, comme Marraine Médouze la doyenne, Man Zabel la plus jeune ou Marraine Cornélie, la cousine de Man Suzanne, qui descendait de son village de Saint-Joseph pour visiter celle qu'elle était la seule à appeler « Euzane », ça allait plus vite de cette façon.

Pour Man Suzanne, peu importe qui faisait l'éducation des enfants tant qu'il y en avait une. Ne sachant ni lire ni écrire, elle savait qu'elle n'élèverait pas des « grosses têtes » comme les enfants de bourgeois de l'en-ville, elle voulait néanmoins leur offrir quelque chose de différent, une sorte de belle vie. Elle leur donnait ce qu'elle avait, la débrouille des gens sans terre, acquise de décennie en décennie et qui ruisselait sur les *abitans* – on appelait ainsi les gens de la campagne, depuis le temps de la traite.

Dans chaque coin de la case se trouvait un petit lot de misère, dont l'origine se trouvait aux quatre coins de l'île, des côtes plates et sablées du Sud aux falaises escarpées du Nord sur lesquelles vient se fracasser l'Atlantique. Trénelle était l'antichambre de Fort-de-France. Les *abitans* s'entassaient sur la colline, dans l'espoir un jour d'en descendre.

Des hommes, en revanche, il n'y en avait pas. Enfin, ils étaient partout et nulle part à la fois. On les entendait gueuler à qui mieux mieux, narrer tel ou tel exploit (ils se vantaient à peu près de tout), mais la plupart du temps, ils étaient aux abonnés absents quand on avait besoin d'eux. Jamais au bon endroit.

Le père de Max était comme les autres, absent. Il ne l'avait même jamais vu. Il était parti il y a longtemps, avant que Max soit en mesure de se demander où. Ce dernier ne se posait pas la question, il avait intégré le fait que son père à lui n'était pas là. Point barre.

Chaque matin aux aurores, les hommes descendaient pour chercher un pain quotidien, de quoi être tranquille pour quelques jours. Quelques chanceux arrivaient à mettre de côté un *ti* peu, mais c'était rare.

Marraine Médouze concoctait des préparations qui mijotaient de longues heures dans des casseroles desquelles émanaient de fortes odeurs de feuilles de gommier rouge et d'une myriade d'autres plantes aromatiques dont Max avait appris les noms par cœur en lisant inlassablement les étiquettes collées sur les bocaux de la petite étagère :

– *Cœur Mari* –
– *Verveine Caraïbe* –
– *Couronne du Christ* –
– *Pervench* –
– *Papaye bénie* –
– *Belle Marin* –
– *Sonde* –
– *Palma-Christi* –
– *Qui Mourra Saura* –
– *Lys de l'Annonciation* –
– *Bois-Mondong* –
– *Cœur Manikou* –

Plus l'odeur des casseroles était forte, plus le diable se tenait à distance. Il fallait que ça cuise toute la sainte journée, car les mauvais esprits ne désarment jamais. *Timoun* Maturen de la case d'à côté avait attrapé le grand mal un soir de juin et il criait et il gesticulait partout, possédé comme les grosses mouches que Max enfermait et étourdissait dans ses paumes de main, *ZzZZzzzzzzZZZ*... « STOP ! » Médouze avait alors fait boire au *timoun* l'eau à désenvoûter, ce qui avait fini par calmer ses douleurs, puis à le libérer : deux heures plus tard, il était debout, paré pour l'école. La vieille dame était forte : une vraie guérisseuse.

Ce jour-là, Marraine Médouze s'était mis en tête de délivrer Man Suzanne d'un autre mal, plus profond, plus aguicheur. Un charme marigotin s'était engouffré dans les forêts de l'île pour redescendre les grands cours d'eau marécageux et avait frappé Man Suzanne dans son cœur et dans son ventre pourtant repenti depuis une première grossesse non désirée (Claude, vous l'aurez compris).

Désormais agenouillés *fripons* dans la terre criblée d'ignames et de *pié-dachine*, devant la fenêtre de la cuisine, Max et Dina écoutaient la vieille dame sermonner leur maman pour qu'elle se débarrasse de cet homme tombé du ciel.

— Je me méfie des oiseaux de passage, de mauvais augure, des plante-sa-graine-et-puis-s'en-va. Chez moi, il n'y a pas d'hommes ! *Pani nom', pani pwoblem* – pas d'homme, pas de problème. C'est aussi simple que ça. On en a vu combien venir flâner et papillonner ici avant de disparaître je ne sais où dans la Caraïbe ? Une femme comme toi, tu as besoin d'homme ? Mais pourquoi ? Moi, j'ai retapé ma case toute seule, sans l'aide d'un seul homme. Zéro. Oui, *Madanm*. Zéro.

Comme les cases du coin, celle de Médouze consistait en un rectangle de fibrociment au toit plat renforcé par des planches de bois-caisse et de carton, délitées par les nombreuses pluies. Elle n'était pas non plus tout à fait terminée, alors les mamans rafistolaient les trous en placardant des bouts de bois-florine ou de caisses de morue ramassés au marché aux poissons après la grande foule. Régulièrement, la communauté de Caz Médouze subissait le déluge brutal et assourdissant des gouttes de pluie qui s'abattaient et finissaient par s'infiltrer, sournoises, dans la case pour rappeler à ces gens que la nature avait toujours le dernier mot.

— Quand il y a eu Édith, c'est quel homme qui est venu ici pour monter le bois-caisse ? Et c'est quel homme qui est monté ici avec la tôle ? Depuis tout en bas jusqu'à la case, moi et les autres, on était toutes seules pour réparer le toit ! D'abord, il y a eu Dog. Après, il y a eu Édith. Il y a eu deux cyclones sur ma maison et j'ai jamais vu un homme le lendemain pour m'aider avec ça. Quand l'ouragan est venu, les gens, les animaux volaient dans le ciel, se noyaient dans la rivière, *hein*. Les arbres arrachés. Les crabes *té ka volé* tout partout. D'l'eau d'la boue tout partout aussi. Qui tombaient en silence tout *douvan*, on entendait rien avec le bruit. La boue tout partout autour, dans la case. *Missié* Écto' qui m'a construit l'escalier derrière la maison, il est gentil lui, mais est-ce que j'ai demandé pour ça ? *Beh* alors. Ils peuvent faire ce qu'ils veulent autour, mais, moi, j'ai besoin d'aide de personne. Je suis la femme et l'homme, le papa et la maman. *Bon Dié ka fessé pié-y a tè mé mwen ka rété* coûte que coûte[1].

Pour cet ouragan nommé Édith, les éclairs avaient illuminé Trénelle toute la nuit comme en plein midi. À la case, certaines racontaient qu'elles n'entendaient même pas le bruit des arbres qui s'écroulaient à cause du vacarme terrible. La veille, les transistors du quartier crachotaient des choses inaudibles – mauvaise connexion on va dire –, peu avaient eu vent de l'ouragan avant qu'il ne tombe sur tout le monde. Les jours suivants, Max leva yeux et sourcils au ciel par réflexe dès

1. Le bon Dieu peut taper du pied par terre, je resterai coûte que coûte.

l'apparition du plus petit nuage pour être le premier à sonner l'alerte si une cousine d'Édith revenait bazarder ses postillons dans les parages.

— Un bonhomme, c'est comme un cyclone. En même pas une heure, ça va venir tout dévaster dans ta vie et puis tu ne le revois plus jamais. Et après ça, *gwo gwo pwel* – gros gros chagrin d'amour. Pour quoi faire Suzanne ?

Devant son incrédulité, Marraine Médouze continuait :

— Si tu n'es pas assez stupide, *bwè sa*, dit-elle en lui tendant une fiole de boisson couleur gadoue. C'est du chasse-l'amour, ça va te débarrasser de *Missié.* Mais tu es une grande fille, tu peux t'acoquiner avec le bonhomme que tu veux, mais dans ce cas-là, pars sur-le-champ mon Euzane. Avec ta marmaille. Tu as tenu des années sans homme et là, un *Missié* qui sort de je-ne-sais-quel-coin te porte de l'attention, ça te chatouille tout d'un coup la *kokot'*. Ah, mon Euzane…

Jour et nuit, Max avait tenté d'imaginer la forme et les contours de ce mal menaçant. Ce mauvais œil dont *te* protégeait si fort Marraine Médouze. *Tu en avais fait d'affreux cauchemars. Parfois, ça prenait dans tes rêves une forme humaine, des fois celle d'un monstre effroyable venu répandre le malheur sur toute la maison.* Malgré les avertissements de Marraine, Man Suzanne avait décidé de quitter Caz Médouze avec l'homme qu'elle aimait, de fonder une famille, d'ouvrir une boutique, le grand tableau quoi.

En dépit de ces précautions, le mauvais œil avait fini par frapper à la porte. Ce dont Max ne pouvait se douter, c'est qu'il s'installerait au mitan de sa vie et qu'on lui demanderait de l'appeler « papa ».

Ami Georges

Georges. C'était son nom. Au début, Man Suzanne demanda à Claude, Dina et Max de l'appeler Ami Georges, puis tonton Georges, puis papa. Mais Max ne dépassa jamais la première étape. Ce serait Ami Georges. Il n'avait pas de papa. On le lui avait suffisamment dit. Alors, ça n'allait pas changer du jour au lendemain.

Ami Georges avait récupéré une case laissée à l'abandon par un type des campagnes, découragé par les tempêtes à répétition et las de devoir reconstruire son habitation tous les six mois.

Max touillait son *migan de fwiyapen*, devenu tiède depuis des plombes, d'une cuillère nonchalante. Les carreaux de fruits jaunes et oranges baignaient dans l'eau aromatisée au *bwa* d'Inde et le piment vert avait une saveur étrange ce soir. Chaque morceau de *fwiyapen* venait s'ajouter au poids qui pesait fort sur son estomac.

Max dévisagea l'homme. Georges. Le type débarquait tout juste et aujourd'hui trônait avec eux autour la table. Voilà une chose étrange, pensa Max. C'était aussi simple que ça ? Les présentations avaient été faites avant le repas, en deux trois temps mouvements : « Max, Dina, dites bonjour à Ami

Georges, appelez-le papa, il va vivre avec nous maintenant. » Ils lui avaient offert des joues molles et intimidées. Man Suzanne leur apprit qu'ils étaient allés à la mairie et qu'Ami Georges avait accepté de les « reconnaître ». Max et Dina s'étaient posé pas mal de questions. « Reconnaître » quoi, au juste ?

Ami Georges mangeait d'un appétit vorace avec de grands bruits de bouche et des raclements de gorge à faire trembler les murs gadous de la nouvelle *tite* case. Il broyait les morceaux de *fwiyapen* grâce à un engrenage de dents puissantes et militaires. Oui, car Ami Georges était militaire. Du moins, il travaillait avec des militaires. À la caserne du fort Desaix, en haut du Morne-Garnier. Max observait les poils de sa moustache taillée finement et les épais sourcils qui tombaient sur son regard magnétique. Une courte toison de cheveux frisés recouvrait le crâne d'Ami Georges, libéré d'un chapeau de paille qu'il avait enlevé en entrant et qui était désormais accroché à un bout de bois-cintre.

Man Suzanne brisa le silence :

— Les enfants, grâce à Georges, nous allons ouvrir une boutique.

— Une boutique ? s'étonna Dina.

— Où ça ? dit Max.

— Ici même, répondit Ami Georges. *An ti* commerce, avec une buvette.

— Et les enfants, vous allez être contents, rajouta Man Suzanne. On va avoir un congélateur ! Et on va vendre des *frozen* aussi, les enfants.

Max fixait toujours l'homme. Les mots de Man Suzanne résonnaient au loin.

Leçon de choses

LE *FWIYAPEN*

Le fruit à pain est un gros fruit rond de couleur verdâtre, certains diront jaune. À maturité, il possède une taille qui oscille entre 12 et 25 centimètres de diamètre, pesant environ 1,5 kilogramme. Son épiderme est marqué de figures hexagonales centrées sur un point épineux. Sa pulpe a tout de banal, c'est pourquoi Man Suzanne la mêle à toutes les épices du potager, et des oignons, et de la cive, du persil, du thym, de l'ail même, et du bois-dinde, puis du piment. À la maison, tu manges du fwiyapen *le matin, le midi et le soir.*

Fratrie

Sur un tronc coupé vif trônait son berceau de bois
Marcelle la nourrissonne, la nouvelle, la bien voulue.
Endormie dans un drap
Le fruit frais de ta mère et de cet inconnu.
Elle ne dit pas grand-chose, mais reçoit toute l'attention.

Malgré les remontrances de Marraine Médouze et les flèches cancans qui arrivaient de toutes parts, Man Suzanne s'affichait fièrement au bras d'Ami Georges. Elle prenait sa revanche sur le quartier. Où qu'elle aille, Suzanne Colbert n'était jamais passée inaperçue, splendide et seule avec ses enfants – Claude l'aîné, Dina au milieu, Max l'ancien petit dernier, et maintenant Marcelle, la petite. Oui, elle était magnifique *ta mère*, les yeux noisette en amande, les doigts fins, le regard doux, le sourire ravageur. Sa peau très claire et lumineuse de *chabine* attirait les convoitises et provoquait médisances et envies dans le voisinage. Les langues jalouses racontaient qu'on ne pouvait pas avoir la peau si claire sans avoir du sang-colon dans les veines. On la traitait de mulâtresse, de rejetonne de béké. Déjà lorsqu'elle était jeune, dans son village natal de Saint-Joseph, les gamines se moquaient en la suspectant de se frotter la peau fort-fort au savon de Marseille pour faire disparaître la noire sueur des ancêtres, de se frotter contre n'importe quel Blanc fortuné pour faire tomber tout ce qu'elle avait de paysanne. Les hommes disaient :

— Une aussi jolie fille toute seule avec trois enfants ? *Mmh, mmh !*

Et d'autres :

— *É gadè fout' zié-y klè* – des yeux clairs comme les siens, ça vous fait cocu en moins de deux !

Ça n'arrêtait pas :

— Quatre enfants, trois pères : faites le calcul !

Numéro un : Claude. Le fils d'un paysan de Schoelcher, Robert Decilap, chez qui il vivait depuis ce jour raconté plus haut, et de Man Suzanne. Une aventure aussi brève qu'explosive, puisqu'elle fit jaillir un enfant d'une banale erreur de jeunesse. Decilap, famille nommée ainsi *antan lontan*, car les aïeux de Robert ne voulaient plus de Placide, leur nom d'esclave dont les lettres avaient été déplacées, premier mouvement d'un nouveau départ. Robert et Suzanne avaient vécu à Saint-Joseph, dans la rue qu'on appelait Croisée-Abricot, la même que celle où habitait toujours Marraine Cornélie. Man Suzanne s'était ensuite repentie auprès de Missié-Le-Curé-De-La-Paroisse-De-Saint-Joseph et avait prononcé un vœu de chasteté au point de ne plus pouvoir regarder un homme dans les yeux pendant des années.

Un jour, Man Suzanne présenta Claude à Ami Georges. Cette poignée de main ne présageait pas grand-chose de bon à vrai dire.

Numéros deux et trois : Dina et Max. Les habitants de Trénelle avaient vu Man Suzanne grosse des années après, pour donner naissance à Dina, portrait craché de sa mère, puis quelques mois plus tard à Max, qui ressemblait plutôt à son grand frère Claude, rajoutez la couleur nuit. Les cheveux de Max étaient crépus et restaient secs en toutes circonstances, y compris dans l'eau. Malgré son jeune âge, deux rides se dessinaient sur son front à force de lever les sourcils et d'écarquiller les yeux sans raison. Personne ne savait qui était *ton* père. Enfin, peut-être Marraine Cornélie, l'éternelle confidente de Man Suzanne, qui devinait tout avant qu'on le lui dise. Dina et Max grandissaient dans le secret et le mystère. On n'en parlait pas. Du tout. Ou alors, on lâchait un prénom : Peter. Point final.

Numéro *kat* : Marcelle. La fille chérie d'Ami Georges et de Man Suzanne. Attention, Man Suzanne avait dit à une voisine que ce serait bel et bien « la dernière », car ça commençait à faire beaucoup de marmaille à nourrir (4 repas par jour, 4 enfants, 2 adultes soit 6 personnes, donc 24 repas par jour, 7 jours par semaine, soit une moyenne de 168 repas à préparer seule chaque semaine). On était loin des quatorze enfants Rulle (soit 392 repas par semaine), néanmoins elle voulait « fermer le robinet ». Vous ne faites pas attention et vous vous retrouvez vite avec une colonie. Elle était jolie comme tout dans son berceau, Marcelle. Des yeux curieux et un regard espiègle. Max et Dina l'adoptèrent vite. Max était ravi de ne plus être le dernier. Ils aimaient lui dire des petits mots, même si elle ne pouvait pas encore comprendre. Et puis, lorsqu'elle grandit, elle était si gentille. Son principal défaut ne viendrait pas d'elle, vous le verrez.

Fièrement concubine d'Ami Georges, Man Suzanne faisait des tours et détours dans le quartier pour afficher sa famille recollée, montrer que tout allait bien, qu'elle était enfin posée, apaisée, protégée, plus sur le marché. Elle marchait la tête haute, elle savait d'où elle venait : sa jeunesse passée à s'occuper de Man Zabeth, sa mère, qui avait chuté ravine, alors qu'elle vendait ses légumes-pays le long de *Rout' Rabuchon*, les jours et les jours à avaler des couleuvres pendant que toutes ses amies s'amusaient à la rivière. Les aïeux Colbert avaient quitté la commune du Lamentin à une époque lointaine où les animaux du même nom en peuplaient les rivières, où les Noirs se courbaient dans les champs de canne, où Saint-Pierre était encore capitale, où le volcan n'était pas encore passé à la phase finale de son crachin dévastateur. La plupart des Colbert avaient débarqué au cœur de l'île à Saint-Joseph où la petite Suzanne avait grandi entourée de ses trois cousines, tante Amantine, tante Céleste et tante Cornélie. Le terrain familial se situait à l'extérieur de la commune, hameau Belle Étoile, entre Bambou Duchamp et Allée Choco. Cinq hectares de grands arbres, de pentes cultivées qui descendaient vers un ruisseau dont l'eau mousseuse et verdâtre peinait à refléter le ciel bleu et blanc.

Non, une femme comme Man Suzanne ne se contentait pas de remonter la rivière Madame comme tout le monde de l'en-ville jusqu'à Trénelle, dans un va-et-vient de provisions. Non. Man Suzanne faisait des détours. Autant qu'elle le voulait.

Le dressage

C'était dur de dire « papa » alors que tu le ne pensais pas. Tu ne connaissais pas le tien, mais tu savais que ce n'était pas cet Ami Georges.

Malgrétoute, Max appréciait la présente de cet homme, grand et imposant, ami imposé, « papa » tombé du *ciel*, patriarche assigné. Il se sentait protégé, privilégié par rapport aux autres compères sans père. Dina, elle, avait du mal avec cette nouvelle autorité. Mais les deux obéissaient et répondaient avec politesse aux questions d'Ami Georges qui, maladroitement, finissait toujours par trancher le silence :

— L'école, ça a été ?

— Oui, ça a été, répondaient Max et Dina.

— Ça a été, qui ? reprenait Man Suzanne.

— Ça a été, papa. Ami Georges.

Dans le quartier, Ami Georges était connu de toutes et tous. Quelqu'un de fiable, serviable, et même galant. Il se présentait comme un « génie mécanique du service militaire de l'armée au civil », répétait Max sans réussir à mettre les mots dans l'ordre. Un vrai gentleman qui avait son petit succès auprès des femmes. Chaque matin, à 7 heures, il se rendait au fort Desaix là-haut sur le Morne-Garnier et revenait à Trénelle aux alentours de 13 heures. À 16 heures, il était sur le pas de la porte, soit debout les bras croisés, soit assis sur sa chaise en bois. C'est de ce poste qu'il guettait les allées et venues des voisins, et surtout contrôlait l'heure d'arrivée de Max et Dina qui n'avaient pas le droit de s'arrêter en chemin pour jouer à la rivière avec les autres. S'il n'y avait pas de fréquentations, il ne pouvait pas y en avoir de mauvaises.

À table, Ami Georges aimait répéter que « les enfants naissent sauvages. Il faut tout de suite vous dresser pour que vous soyez bien éduqués. Polis. Serviables. Un enfant mal dressé peut amener beaucoup de honte sur une famille. J'ai déjà vu. Quand vous voyez un nourrisson, là comme ça, ça peut soit devenir *an ti diab'*, soit devenir gentil et bien élevé. Mais ça, c'est le rôle de l'homme, du père, qui doit veiller à ce que l'enfant soit bien dressé ».

Le dimanche, Man Suzanne se préparait toute belle dans sa robe, puis faisait des couettes à Dina et à Marcelle, qui gesticulait dans tous les sens en pleurant. Tout de blanc vêtus, ils descendaient lentement la grand-côte jusqu'aux Terres-Sainville. Sur la place de l'Abbé-Grégoire se tenait l'église Saint-Antoine-de-Padoue d'un blanc éclatant cerné de lisérés ocre. Ami Georges et son chapeau marchaient un mètre devant Man Suzanne qui tenait la petite Marcelle par la main. Avant chaque messe dominicale, elle amenait les enfants se nettoyer à la rivière. La troupe remontait ensuite à la case pour s'endimancher. C'était sacré. On ne plaisantait pas avec le dimanche. Sur la place s'entassaient les familles venues de Trénelle, Grosse-Roche, Citron, Volga et d'autres quartiers. Max levait les yeux pour essayer de reconnaître leur maison au loin sur la colline abrupte. Vue d'en bas, Trénelle paraissait menaçante tant les bicoques donnaient l'impression de pouvoir s'écrouler à tout moment.

Max et Dina retrouvaient leur grand frère Claude à l'aube pour préparer la messe avec Missié-Le-Curé-De-Saint-Antoine-De-Padoue. La place ombragée se remplissait progressivement et le chœur des habitants se racontant les derniers ragots préludait méthodiquement au chœur sacré. Dans l'église, Max et Claude riaient du style que leur donnait leur soutane rouge appareillée à leurs souliers troués et à leur coupe de cheveux en forme de sucette Chupa Chups. Au son des premières cloches, Claude esquissait des pas de danse lorsque le curé avait le dos tourné pour faire rire le reste de la fratrie. Max était dans la file, deux cierges à la main, et se concentrait pour ne pas commettre d'erreurs, y compris lorsqu'il fallait chanter en latin des mots bizarres : *CORPOUSSE DOMINI NOSTRI JÉSUS CHRISTI CIOUSTODIATTE.*

Vint ce dimanche de novembre que Max et Claude gardèrent en mémoire, le plus grand fou rire de leur enfance. Les deux frères étaient assis côte à côte, serrés, comme d'habitude. Il y avait un nouveau curé aux Terres-Sainville et on ne peut pas dire que Dieu lui avait offert la plus belle voix. Au premier mot qu'il prononça sur l'autel, Max sentit les épaules de Claude se contracter, puis tressauter, incontrôlables. Il pensa : « Non ! Pas maintenant ! » Les plus gros fous rires arrivent toujours au pire moment. Il contint ce qu'il pouvait contenir durant de longues minutes. Son corps se contracta, s'étira. Des crampes aux abdos apparaissaient. Il se mordait les lèvres, serrait les poings. Quelques *gran moun* installés à proximité des deux frères commençaient à exprimer des gestes de mécontentement. Le prêtre continuait de chanter avec une voix si improbable, à convoquer le peuple de Dieu dans une église bientôt outrée par le gloussement de ces deux garnements. Dans le chœur, aux côtés de *Missié*-Le-Curé-Et cetera, Max balayait l'assemblée, les yeux humides et encore euphoriques.

Dans la foule, il aperçut enfin Man Suzanne. Elle chantait les yeux fermés et tournés vers le ciel, et à côté Ami Georges, l'œil dur et sévère rivé sur eux.

Un autre jour, Claude proposa à Max de piquer un peu d'argent des fidèles dans le panier :

— Je prends juste ce qu'Ami Georges a mis. À peu près. C'est mieux qu'on l'ait nous, tu n'es pas d'accord ? Si c'est son argent, c'est aussi un peu le nôtre. On fait rien de mal, ne t'inquiète pas.

— Mais si le curé nous voit ?

— Mais non, personne va nous voir. De toute façon, il n'y a pas mort d'homme, on remettra les sous ! C'est juste quelques francs.

— On fait quoi avec ?

— Ça commence par « Robin » et ça finit par « son ».

— Des gâteaux Robinson ?!

— Oui, petit frère.

Personne ne fit gaffe à eux cette fois-là. Max et Claude se régalèrent avec les bons gros gâteaux-goyaves de Man Galère, inlassablement campée place de l'église, à l'ombre des quénettiers.

Claude prit l'habitude de plonger la main chaque dimanche dans la cagnotte pour « prendre la part d'Ami Georges ». Max en voulut à son frère, Marraine Cornélie finit par les surprendre. Elle les gronda fort, pieuse comme elle était : « On ne rigole pas avec l'Église ! Euzane sait que vous êtes des voleurs ? C'est quoi cette éducation-là ? Que va dire votre maman ? Et Georges, il va être content d'être devenu le papa d'enfants mal élevés comme vous ? Vous voyez pas comment les gens de la ville vous regardent parce que vous venez de là-haut ? Vous voulez leur donner raison ? Que je ne vous y reprenne plus, *tibande* ! »

Elle mit les sous dans sa poche et quitta le presbytère en s'appuyant sur sa canne de fortune. Puis en se retournant :

— *É, ti marmay pa ka gadé gran moun an mitan zié !* Attention, les enfants ne regardent pas les adultes dans les yeux !

Leçon de choses

LE *KABRIT KRÉYOL*

Animal très populaire à Trénelle, le kabrit *est un mammifère ruminant de la famille des bovidés et de la sous-famille des caprins. Le* kabrit *est avant tout élevé pour le lait qu'il peut produire, environ 3 litres par jour. À l'âge adulte, son poids oscille entre 15 et 80 kilogrammes pour les femelles et une centaine pour les mâles. Tu passes beaucoup de temps à les regarder avec leur air débile, à brouter de l'herbe toute la journée et à gueuler sans raison. Comme Simbo, la biquette couleur crème qui vit sous le grand arbre à pain.*

Débit de régie

Conformément à leur plan, le *bwibwi* de Man Suzanne et Ami Georges ouvrit l'année suivante, c'était 1975. Pour fêter ça, Man Suzanne avait acheté un gros cochon pour la Noël. Durant les jours qui précèdent le 25 décembre, le cochon avait passé de bons moments, en toute naïveté, bien nourri et caressé par les enfants. Max et Dina l'avaient baptisé Rasmus, comme le célèbre acolyte de Zembla, et ils le promenaient partout dans Trénelle. Rasmus était calme, sauf quand *PAF !* les canons de bambous *PAF ! PAF ! PAF !* commencèrent à résonner pour marquer le début des festivités. Les gamins se mirent à plusieurs pour découper deux ou trois troncs de bambou là-haut près de la route et avec du pétrole déposé dans un trou, le canon-bambou propulsait des projectiles à des dizaines de mètres. Max avait toujours eu peur d'être celui qui mettait la flamme dans le trou, mais il adorait le bruit des canons, contrairement à Rasmus dont les yeux globuleux trahissaient une inquiétude certaine.

Le 25 au matin, lorsque Man Suzanne sortit de la maison pour tuer le cochon, il avait disparu. Elle pensa d'abord à un voleur, mais la nuit avait été calme. Max et Dina pleurèrent à chaudes larmes toute la matinée. Non pas parce que Rasmus allait leur manquer, mais parce qu'ils se réjouissaient de ce succulent repas de viande depuis des jours. La veille, ils n'avaient pas mangé en prévision de ce festin. Les estomacs étaient creux et douloureux. Peu avant midi, Ami Georges revint avec des billets plein les poches, billets dont Man Suzanne et les enfants ne virent jamais la couleur. Avant d'aller taper casseroles joyeusement dans tout Trénelle, la famille dégusta tristement son ragoût de cochon sans cochon, puisque Ami Georges avait préféré en vendre tous les morceaux. Max le fixait, un brasier de haine naissant au fond de son cœur. Il se vengerait. Pour Rasmus. Pour son estomac.

Alors que la boutique était ouverte depuis peu, le facteur apporta à Man Suzanne une lettre lui annonçant la bonne nouvelle : on venait de leur attribuer la tant attendue licence de quatrième catégorie qui leur permettait de vendre de l'alcool et de rajouter une couche de rhum sur les hommes du quartier. Dès le petit jour, femmes et enfants venaient se ravitailler. Au mitan de l'après-midi, les hommes se pointaient pour s'enfiler des coups de feu cinglants dans le gosier. Une fois passés sous la pancarte indiquant en lettres manuscrites **CHEZ MAN SUZANNE**, les *abitans* arrivaient devant le comptoir, une grande planche en bois qui barrait toute la pièce dans la largeur. Les voisins furent ravis de l'ouverture de cette boutique et prétextaient toujours avoir besoin de quelque chose pour venir faire la papote à Man Suzanne : un peu de sucre le lundi et vous-me-donnerez-les-nouvelles, une demi-livre de pain le mardi, un morceau de savon le mercredi, deux cigarettes le jeudi, et ainsi de suite. Les voisins en profitaient pour échanger des *milans* sur tel ou tel voisin, telle ou telle voisine. La fille de avait fait ceci, le fils Untel avait décidé de.

Tout s'y vendait, tout s'y achetait, du pétrole, de la glace, du pain. Dans la pièce se mêlaient des odeurs reconnaissables parmi mille : celle des chopines de rhum associée à celles de la margarine, de la morue séchée, du pétrole, de l'alcool à brûler. Sur les murs, des planches de bois accueillaient des boîtes de conserve et des paquets de riz américain Tante Caroline, *Le riz que vous ne pouvez pas manquer.* Sur le sol, de gros sacs de farine, de sucre, du maïs, des graines pour les poules qui trimbalaient leur derrière avec nonchalance autour de la boutique. Max et Dina devaient les chasser à grands coups de pied pour préparer leur lit. Sur le comptoir, des bocaux contenaient des pastilles à la menthe, des boules surprises, des bonbons colorés aux saveurs superficielles, des Chiclets à la cannelle ou à la menthe poivrée. Dessous, il fallait s'accroupir pour ouvrir les caisses de pommes de terre, ignames, *pié-dachines*, oignons-pays. Chaque soir, on hissait au plafond les morceaux de viande et de poisson pour ne pas attirer les bêtes nocturnes. Les chats, dont Dina avait horreur, mais aussi les mangoustes, les *manicous* et autres voleurs.

Quand ils n'étaient pas à l'école, Max et Dina jouaient à imiter les adultes avec la grosse balance Roberval : ils étalaient le contenu des bocaux sur le bois du comptoir, les disposaient sur le métal, et les remettaient délicatement, tentant de ne pas attirer l'attention de Man Suzanne qui doucement s'agaçait : « Les enfants, sur ça, je pèse le poisson, je pèse la viande. Les bonbons vont prendre l'odeur, allez jouer dehors un petit peu là sinon je vous fais manger tous ceux qui sentent la morue », disait-elle avec tendresse avant de reprendre la discussion avec les clients.

Chaque fois que le soleil tapait trop fort, Man Suzanne et les enfants restaient à l'ombre dans l'arrière-cour, car le soleil pénétrait sur le devant de la case, il avait l'air d'être chez lui. Au moindre « *TO, TO, TO !* », Man Suzanne se levait de sa chaise en s'écriant « Je suis là ! », tandis que Max et Dina se précipitaient pour voir qui s'en venait. Man Suzanne les talonnait et s'installait fièrement de l'autre côté du grand comptoir en tôle.

*

Man Suzanne : *Bonjou ! Ebé !*
Man Lucie : Eh oui. Neuf enfants. Trois repas par jour, vingt-sept repas par jour ! Eh oui, madame. *Ba mwen kat fwiyapen et an miet' bè siouplé* – Donne-moi quatre fruits à pain et une lichette de beurre, s'il te plaît. Je peux pas payer *jodi-ya*, mais je te donne demain, Suzanne *d'accow* ? *Eh !* Marcelle *ki la* ? *Fout jénès la ka grandi vite* – Mais c'est Max que je vois ? Ça pousse vite ! Ils vont à l'école ? Vous avez des bons points les enfants ? Il faut travailler hein. *Alé, a pli ta !*

*

Man Geguette : Mammouth.
Man Suzanne : Mammouth ?
Man Geguette : Mammouth.
Man Suzanne : C'est quoi ça encore ?
Man Geguette : Ça vient d'ouvrir du côté de Dillon.

*

Man Suzanne : Tu vas payer quand ? Je marque beaucoup de tes dettes dans mon carnet, mais je barre rarement. Tu me ramènes l'argent demain sinon je te donne plus rien.
***Missié* Albè :** Mais tu m'as dit « Paie quand tu peux » !
Man Suzanne : Oui je t'ai dit « Paie quand tu peux » mais tu ne peux jamais !
***Missié* Albè :** Je peux bientôt. Promis Man Suzanne !
Man Suzanne : Ouais.

*

Man Suzanne : Dina, lis les comptes pour maman.
Dina : *Man Lucie doit 10 francs. Man Geguette doit 4 francs. Man Suzette doit 12 francs. Joris Fils Clairon 2 × bonbons / Man Francine doit 10 centimes. Clémentine fille Plancy 3 × Chiclets / Madame Plancy doit 30 centimes /* Missié *Albè 40 francs.*

*

Timoun Saturnin : Bon… Bonjour, Man Suzanne. C'est… C'est Maman qui m'en-m'envoie à la boutique pou-pour chercher… *euh*… Je veux bien s'il-vous-plaît euh du beurre…
Man Suzanne : Tiens coco, passe le bonjour à ta maman pour moi.

*

Man Geguette : […] tous les débits de Dillon, *Étang Z'Abricots* et *pi* comment s'appelle Volga, les gens souffrent, *hein* ? Faut pas croire. Bientôt tous les débits auront fermé. Ils peuvent pas lutter. Le Mammouth en question là, Man Clémence y est allée la semaine dernière, elle m'a dit qu'il y a tout là-bas. *Ah* oui, tout. Tu vas réussir à faire marcher ton *bwibwi* longtemps ? *Missié* Georges peut déjà aller chercher du travail à l'en-ville.

*

***Missié* Lucien :** *I ka ouvré k'on palouuud* – Elle s'ouvre comme une palourde/ *Sé pa on palouuud* – Mais ce n'est pas une palourde/ *I ni prèl k'on palouuud* – Elle a des poils comme une palourde/ *Sé pa on palouuud* – Mais ce n'est pas une palourde !

Man Suzanne : *Missié* Lucien ! *Missié* Lucien ! Je vais être obligée de demander de te *met' déwo*. Tu peux pas chanter toute la soirée *konsa*, il est tard maintenant. Tu as trop bu. Rentre chez toi auprès de ta femme !
***Missié* Lucien :** *Man Suzanne ka ouvré k'on palouuud/Sé pa on palouuud/I ni prèl k'on palouuud/Man Suzanne pa on palouuud* !

*

Man Lucienne : Manzel Janot, la voisine, tu sais qui vit à côté de chez moi, elle se fait battre du matin jusqu'au soir. Je ne parle même pas des enfants. Moi, je n'ai pas à me plaindre. Je n'ai rien à dire même. Vingt-quatre ans de mariage et pas une calotte ! Quand il parle, je parle plus *fo'* que lui ! Point final.

*

Man Suzette : Il paraît que *Missié* Albè est un libertin.
Man Suzanne : *Ébè*.
Man Suzette : Mais oui. Et il gagne l'argent à la ville et il donne tout directement aux maîtresses. Rien pour Man Albè. Rien pour les enfants.

*

Man Suzanne : Hier, tu ne vas pas le croire. J'étais au comptoir. Il devait être… 15 heures, quelque chose comme ça. Et je vois débarquer au loin deux Blancs. Ils regardaient Caz Matthieu comme si c'étaient les Champs-Élysées (*rires*). Et après ils se sont assis en terrasse avec des jus. Quand ils ont entendu claquer le premier domino, ils ont déguerpi aussi vite qu'ils sont arrivés (*rires*) !

*

Man Suzanne ! Ba mwen an ti chopine (un peu moins d'un litre de rhum)

Man Suzanne ! Ba mwen an dimi roki avan mwen rentré cay mwen (un quart de litre de rhum)

Man Suzanne ! Ba mwen an roki (un demi-litre de rhum).

*

Man Clémence : Hier, *riviè a débodé côté Man Hubè*. Toutes les cases de la *riviè côté Man Hubè té inondé*.

Tout s'achetait à crédit, rien ne se payait tout de suite. Sauf les ragots, les *milans*, les cancans, les blablas, les tu-sais-quoi, les infidélités, les comportements.

Au bal des lucioles

À la nuit tombée, des millions de bêtes à feu apparaissaient sur les rives de la rivière Madame et illuminaient la nuit noire de leurs petites ailes incandescentes, au son croissant des *gounouy*. À cette heure, la nature semblait éplucher délicatement les plantes sur lesquelles la pluie tendrement gouttelettait. Lorsque le soleil tournait le dos au quartier, il fallait faire attention à ne pas écraser les bêtes qui sortaient profiter du calme et de la pénombre. Quand il était *timoun*, Max gambadait insouciant dans tous les *razié* gros feuillage ; puis vint le jour où il écrasa de tout son petit poids un crapaud bœuf qui s'aplatit comme de la pâte à beignets et explosa d'un coup sous son pied. Alors depuis ce moment, Max avait appris à courir vite tout en regardant où envoyer ses pieds et à éviter les coins trop sombres, surtout aux abords de la Madame où les batraciens criblaient le sol vaseux.

Avant le grand dodo, un remue-ménage s'effectuait à la rivière. Lentement, les habitants descendaient vider leurs pots et vases de chambre dans l'eau. Comme beaucoup d'autres enfants qui sortaient de toutes les cases, Max escaladait les arbres pour faire directement dans la rivière. Naturellement, chacun avait sa branche favorite. Les nouveaux venus devaient respecter la hiérarchie. Gare à celui qui se trompait. Max avait l'habitude de se défroquer sur la plus haute pour obtenir une vue panoramique sur tout le voisinage. Tout le monde ne pouvait pas monter aussi haut, c'était son truc à lui. Un jour, le voisin Henri s'était installé plus bas, *c'était celui qui t'avait piqué le guidon de vélo que tu avais trouvé dans l'escalier derrière la maison.*

Il a de la chance celui-là
Si Ami Georges n'avait pas hurlé pour vous rapatrier
tu lui aurais volontiers lâché un obus salissant sur le crâne
Avec sa tête sisi de tes deux
Il l'aurait bien méritée celle-là.

Debout, Ami Georges se tenait devant la case, les bras croisés, il comptait les minutes. Si Max et Dina prenaient trop leur temps, il faisait quelques pas en avant et sifflait. Max pouvait reconnaître ce signal parmi mille, quelque chose de sec et assez désagréable.

Après ce rituel nocturne, Max et Dina aidaient Man Suzanne à pousser les fagots de légumes et les sacs de céréales contre les murs pour préparer la pièce à dormir. Ils se faisaient un couchage en enfonçant leurs vêtements propres dans un sac de farine qu'ils disposaient sur le sol. Au début, l'odeur de morue séchée mêlée à celle des tonneaux de Dillon était si forte que Max plongeait le nez dans le linge propre pour ne pas vomir. Man Suzanne et Ami Georges couchaient sur une planche surélevée dans le fond de la pièce.

Jusque tard dans la nuit, Max entendait Ami Georges claquer les dominos sur la table. Il y avait le papa d'Henri qui venait souvent. Le papa de Clémencin aussi. Et d'autres. La partie commençait toujours dans la joie et la bonne humeur, la tension montait petit à petit. Pas de place pour les plaisantins.

Les dominos étaient frappés avec fracas sur le plastique de la table – *CLAC*, double six ! *CLAC*, cinq – six ! *CLAC*, double cinq. Chacun essayait d'intimider son adversaire. Le voisin Plancy avait pris le surnom de « Double Six », en référence à son sens du spectacle et à sa façon de poser les dominos avec fracas – « Il va me détruire la table si ça continue », pensait Man Suzanne. Du regard, Double Six balayait lentement ses adversaires du soir et abattait le domino gagnant, faisant tomber tous les autres. Ensuite, il se levait, chantait, criait, dansait. Tout Trénelle savait quand Double Six remportait une manche. Bien que concentrés sur leur jeu, les types contrôlaient également les allées et venues, une belle doudou, un étranger, un gamin perdu. Rien ne leur échappait. Parfois, des bagarres éclataient, mais comme tout le monde se connaissait, ça n'allait jamais très loin. Les hommes se retroussaient les manches et s'injuriaient pour retarder les beignes :

— Ne me retiens pas !

— Tu me manques de respect ?!

— Je vais te montrer moi, hein !

— Tu veux voir si j'ai fait la guerre ?

— Ne me retiens pas je te dis !

Max adorait les voir monter sur leurs grands chevaux pour une histoire de triche, de femmes, d'animaux, de terrain. Et surtout, ils parlaient créole, ce que Max n'avait pas le droit de faire à la maison. Il était question de la madame d'Untel qui suivait un autre comme une *mouchanmyèl* – une abeille. Ils se poussaient, complètement bourrés et tombaient sur les bouteilles de gaz et les caisses de soda entassées devant la boutique. Plus le feu brûlait les gosiers, plus les parties devenaient bruyantes et disputées.

Ami Georges ne se battait pas, en tout cas pas avec aussi fort que lui.

Chasser le chien fer

Un midi, Dina déboula dans le *bwibwi* en criant « Claude est là ! Claude est là ! » Man Suzanne accueillit chaleureusement son grand fils, elle ne l'avait pas vu depuis des jours, elle lui demanda où il était allé traîner encore. Max et Dina lui montrèrent avec fierté tous les recoins de la boutique, les animaux, qu'ils avaient tous baptisés. Depuis la dernière fois, quand Claude lui avait montré comment cueillir la plus belle tige, Max avait réussi à attraper une *mamzelle marisosé* avec un lasso fait maison : d'abord, faire le nœud coulissant, s'approcher *toute douce* de la belle libellule et tirer pour l'emprisonner au décollage. Claude savait aussi lancer les bonbons très haut dans les airs et les faire retomber dans sa bouche grande ouverte, et ce, sans se dégommer les dents de l'entrée. Ils s'amusèrent à jouer à chat dans la boutique, mais leur joie fut de très courte durée. Ami Georges, caporal rabat-joie en chef, rentra du travail et posa un regard noir sur Claude.

— Bonjour.

— Bonjour, monsieur.

— Bonjour, monsieur, répéta Claude.

Max se dit simplement qu'Ami Georges était de mauvaise humeur, ce qui lui arrivait souvent, surtout lorsqu'il revenait du travail, tout explosé à la tâche. Depuis l'arrière-cour dans laquelle Man Suzanne préparait le repas, celle-ci somma son grand fils d'aller embrasser Georges, mais ce dernier n'y était pas disposé. Il le repoussa en se tournant vers la cour.

— Suzanne, tu ne m'as pas prévenu que Claude venait ce midi ? Je te le dis : il est hors de question que j'accueille un autre de tes bâtards chez moi.

— Ce n'est pas que chez toi. C'est chez moi aussi.

— C'est moi qui ramène le pain, ici.

— Et moi je ne travaille pas, Georges ? Les choses se vendent toutes seules ? Les comptes se font avec l'aide du Saint-Esprit ?

— On a pas assez d'argent pour nourrir tous les enfants que tu as dehors. VU ?

Ami Georges avait haussé le ton si fort qu'une poule, prise de panique, sauta en l'air et retomba maladroitement sur un sac de céréales. Comme à chaque dispute, Max et Dina s'étaient abrités sous la table. Ami Georges n'en avait pas fini.

— Suzanne, viens ici ! Tu me réponds ?

— Je m'occupe de ta fille, qui n'aime pas quand tu t'énerves d'ailleurs.

— Tu crois que je ne te vois pas venir ? Il va venir manger ici tous les deux jours, puis tous les jours, et après tu vas me demander de m'en occuper aussi ? Comme les deux autres ? Mais tu penses pas que c'est assez ! Quel âge tu as ?

— Quatorze ans, répondit Claude.

— Quatorze ans, monsieur.

— Quatorze ans, monsieur.

— C'est l'âge d'aller travailler, qu'est-ce qu'on va en faire alors ?

— Il a quatorze ans, Georges.

— Quatorze ans ! Tu sais où j'étais à quatorze ans ? Quatorze ans ! Qu'il aille travailler comme tout le monde ! Au marché, à la place, où il veut. À la pointe Simon, ils ont besoin de forces vives. Il ferait même pas une semaine dans l'armée ton gringalet ! Tu sais où je travaille moi ? Ta maman t'a dit ? Je suis militaire, moi, jeune homme.

— Georges, tu peux dire ce que tu veux, jamais je ne vais mettre mon fils à la porte, tremblait Man Suzanne la larme à l'œil. S'il faut que je paie seule, je vais payer seule. Mais il mangera ici quand il voudra.

Elle s'était levée, Marcelle lovée au creux de son bras. À la vue de sa fille, Ami Georges eut l'air de s'attendrir une seconde puis repartit :

— Et je ne connais pas son père. Il a déjà une mauvaise influence sur Max et Dina. Et quand Marcelle va grandir, il va défaire le dressage que j'ai fait ? Tu ne le vois pas faire le clown à l'église ? Dans la maison de Dieu. Ici, je décide, c'est comme ça.

— C'est mon fils, Georges.

— *Ton* fils, pas le mien. Je ne travaille pas pour nourrir tous les bâtards de Fodfans.

— Ah bon ? Et toi tu n'as pas d'autres fils à Trénelle ? Tu ne leur donnes pas tout l'argent que je gagne ? Et tes autres poules, tu crois que je ne suis pas au courant ? Tout Trénelle est au courant. Si tu voulais garder tes petits secrets, il ne fallait pas me convaincre d'ouvrir une boutique où chaque jour les gens viennent me narrer tes histoires de dehors. Tu crois que je ne sais pas que tu leur as donné les pieds de cochon que j'avais achetés avec l'argent d'ici ? Si tu nous donnais l'argent que tu gagnes, personne n'aurait faim dans cette maison.

— Ma fille ne manque de rien.

— Ta fille oui, elle ne manque de rien. Et Max ? Et Dina ? Je ne t'ai pas forcé de devenir leur papa, Georges ! Maintenant, c'est aussi ta responsabilité ! Je ne peux pas tout faire ici.

Entre-temps, Claude s'était écarté alors que l'atmosphère se tendait et que les mots fusaient d'un bout à l'autre de la boutique. Il fit sortir Max et Dina avant de disparaître pour traîner à droite à gauche, créchant où il pouvait.

Parfois, Claude revenait manger le *migan* à la boutique. Au fil des jours, et ce, malgré la grogne d'Ami Georges, Man Suzanne avait quand même réussi à faire entendre que Claude pourrait aider un peu, à refaire les stocks, à couper les arbres quand ils ombrageaient trop le devant, à ramasser les légumes au potager, comme ses frères et sœurs. En échange, elle laissait Georges partager son pain avec ses autres femmes.

Leçon de choses

LE CHIEN *FÈ*

En Martinique, le chien fè, *ou chien nu, est appelé ainsi en raison de sa couleur grise. En effet, il ne possède aucun poil, si ce n'est les deux plumeaux sur sa tête et à l'extrémité de sa queue. Ce chien existait déjà avant l'arrivée de Christophe Colomb qui dans ses écrits cite la présente de petits chiens tout moches, qu'il pense alors croisés avec des cochons. Il y a un nombre incalculable de chiens* fè *à Trénelle. Ils déambulent de case en case, de potager en potager, à la recherche d'une famille charitable ou d'une gamelle qui traîne. Mais le plus souvent on les chasse loin loin ou on les attache devant la maison pour éloigner les mauvais esprits.*

On ne répond pas

De ce que Max comprenait du mot « bâtard », c'était comme un chien errant. Max et Dina se souvenaient de la vieille Médouze qui les mettait en garde contre les chiens *fè* qui traînaient devant la case : « Ça c'est un chien qui conduit l'âme des morts directement aux Enfers. Alors, il faut les laisser tranquilles *douvan* case-là, mais attention à ne pas approcher trop près sinon ça va se mettre à japper plus que ce que l'oreille peut supporter et ça vous attrape un bout de la chemise et ça vous tire d'un grand coup de l'autre côté ! Ah oui. » Max n'en avait pas peur. À vrai dire, ils lui faisaient de la peine. La plupart des gens préféraient leur envoyer des coups de pied ou de grands seaux de flotte dans la gueule, les laisser mourir de faim sur le pas de la porte et leur jeter un os de poulet tous les 36 du mois. On s'inquiétait lorsqu'on ne les voyait pas, mais on les chassait lorsqu'ils venaient boiter un peu trop près.

À la boutique, la haine d'Ami Georges pour Claude augmentait jour après jour. Pour lui, c'était le bâtard en chef, l'adultérin suprême, le dernier échelon de la société, un fils de paysan. Il avait une mauvaise influence sur les autres, ce rebelle qui ne succombait pas à la peur, qui ne faiblissait pas. Claude osait faire ce que Dina et Max n'auraient même pas imaginé : répondre. L'affront le plus haut.

À Trénelle
Lorsqu'un gran moun *dit, c'est déjà le dernier mot*
Surtout avec Ami Georges
On t'a toujours dit que tu ne dois pas répondre aux grandes personnes
Te taire et écouter
Et puis, regarder dans les yeux quand un adulte te parle
Mais pas trop longtemps pour qu'on ne te dise pas que tu es insolent.

Max ne trouvait pas que Claude ressemblait à un chien errant. Il ne détournait pas les yeux maladroitement comme les chiens *fè* qui ne défient personne, de peur de s'en manger une sous l'oreille. Ami Georges et quelques voisins s'enfilaient sans répit des *ti punch* sur la terrasse. Le ton montait de plus en plus haut. Il expliquait comment il dressait la marmaille de Man Suzanne, comment il s'y prenait pour transformer ces sauvages en gentils bougres. Sur son arbre, Max était dubitatif. Ami Georges racontait comment il en flanquait d'énormes aux bâtards de Man Suzanne chaque fois qu'ils lui manquaient de respect. Max fronçait les sourcils, *vous en flanquer d'énormes* ? Il ne levait jamais la main sur eux. Qu'est-ce qu'il racontait ? Pourquoi avait-il besoin de mentir ? À présent, il était debout, le torse bombé :

— *Couté sa mwen kaï di'w, l'autre jour, manzel Dina vini posé mwen an lo kession, fout té ka posé kession é kession é kession* – Dina vient me voir en me posant un tas de questions. Elle me posait une question, puis une question, puis une autre. Sans cesse. À n'en plus finir. *Paské ti moun la mal élevée toubeneman.* Parce que l'enfant est mal élevée. *I té abitié posé an lo kession maman.* Elle est habituée à poser toutes ces questions à sa mère. *Mé épi mwen sé différent, pa mem bagay. Paské lè mwen pa ni réponss, ou kai prann cé an kalot* Mais avec moi, c'est différent ! Parce que si j'ai pas la réponse à ta question, c'est une gifle que je te donne !

— *Chak kou-a* – À chaque fois ?

— *Oui, Missié. Chak kou-a, sé menm bagay.*

Bouche bée, Max écoutait Ami Georges se vanter de *les palavirer*, alors qu'il n'avait jamais levé la main sur aucun d'entre eux. Il avait envie de sauter de sa branche pour crier au mensonge. Claude arriva par le petit escalier de béton récemment construit. Ami Georges le regarda avec dédain puis se tourna vers les autres :

— *Zot faim* – vous avez faim ? Claude, va voir pour papa s'il reste *un* baguette.

— *Une* baguette, dit Claude machinalement en entrant dans la boutique.

— Qu'est-ce que tu as dit ?

— J'ai dit que on dit *une* baguette, Ami Georges, se risqua de nouveau Claude.

— Tu es couillon ou quoi ? Si je veux dire *un* baguette, je dis *un* baguette. Tu veux me manquer de respect ?

— Non, non, Ami Georges. Mais on dit *une* baguette, pas *un* baguette.

Les voisins baissaient un peu les yeux, le sourire néanmoins pendu aux lèvres. Certains riaient de la situation, mais ne se seraient jamais risqués à se mettre au beau milieu du dressage.

— Ferme ta bouche, insolent ! cria Ami Georges.

Il s'était levé.

— Tu me prends pour un couillon ? On dit *un* pain. On dit le pain. Alors c'est *un* baguette ! Le masculin l'emporte. Tu veux que je t'en colle une ?

Max admirait son grand frère, il le fixait avec des yeux ébahis. Tenir tête à Ami Georges. La classe ! Malgré l'interdiction formelle de sortir après 20 heures, Claude se rendait quand même aux fêtes patronales durant les nuits d'été humides et chaudes. Il revenait toujours avec la bonne histoire ou un cornet de pistaches discrètement glissé dans son pantalon à l'abri des regards. Son vrai père était menuisier, Claude racontait qu'à l'atelier il aimait bien voir les copeaux de bois s'enrouler autour du rabot, il avait appris à construire des *ti* jouets en bois.

Les camions que tu conduis avec un bout de bois planté dans le coffre

Les vonvons (« Les gars, vous voulez voir comment on fait ? Alors gadéy, tu prends une capsule de bière, tu perces un trou des deux côtés kon sa – voilà comme ça. Et... le tour... est joué ! »)

Les raras tournoyant fabriqués avec des gros noyaux de mangos délicieux suçotés au préalable pour la bonne cause.

Les jours suivant la fête, on les entendait par centaines les *vonvons* bruisser dans les bois. Max regardait Claude bricoler des jouets. Sans qu'Ami Georges s'en aperçoive, Max goûtait ainsi à distance au fumet des fêtes de quartier. Sur le chemin de l'école, Claude racontait des histoires, bien différentes de ce que les adultes pourraient en dire.

— Vous voulez connaître l'histoire de Robè-Jambe-Coupée ?

— Ouiiiii, criaient en chœur Dina et Max.

— D'accord. Alors l'histoire de Robè-Jambe-Coupée ! Ce qu'il faut savoir, c'est qu'il a perdu sa jambe dans un accident de moto. Il était un peu trop confiant et il a pris un virage très serré, très étroit, au moment où il s'est couché sur sa moto, il y a une mangouste qui s'est faufilée sur la route et qui a fait dévier la moto de sa course. La moto s'est couchée tellement fort qu'elle a écrasé sa jambe, il n'y avait rien à faire.

— Oh, s'écriaient-ils en s'arrêtant à chaque rebondissement.

— Avancez, on va être en retard, vous pouvez écouter en marchant non ? Alors je reprends : Robè, il a dû aller à l'hôpital, le meilleur, parce que sinon il serait mort sur le coup. Il fallait faire vite parce qu'il perdait beaucoup de sang. Alors ils se sont approchés de lui. Il était allongé, et il hurlait. Ils ont regardé un peu la situation et *TCHAK* !!! Ils lui ont coupé la jambe sans le prévenir. Deux coups de machette *TCHAK-TCHAK* ! Et c'était fait.

— Beurk ! s'écria Dina.

— Eh bien, écoutez-moi, malgré sa jambe en moins, il est arrivé hier à se hisser au sommet du mât plus vite que les autres et c'est lui qui a remporté le *gwo* saucisson de la victoire !

— Alors qu'il a qu'une jambe ? demanda Max, l'air ébahi.

— Alors qu'il n'a qu'une seule jambe, oui *timoun*, répondit Claude.

*

Un soir d'été, Claude s'était hissé dehors après le couvre-feu imposé par Ami Georges pour aller rejoindre son amoureuse, *Yvette ou Pascale ou Francine ou Geneviève, tu ne sais plus son prénom. De toute façon, il les avait toutes.* Peut-être que lui aussi, quand il aurait l'âge, il détournerait l'attention du veilleur de nuit en chef pour retrouver une fille dans la fraîcheur du soir.

Après la vaisselle, Max et ses sœurs étaient sur le point de se mettre au lit lorsque Claude fit couiner la porte de tôle en tentant de se faufiler à l'intérieur. Ami Georges lui ouvrit avec fracas avant de lui asséner un violent coup de pied dans le ventre. Claude fit un vol plané et atterrit sur le cul au milieu du sentier. Il avait la respiration coupée et il se releva à grand-peine. La petite Marcelle se réveilla en pleurant et Man Suzanne courut lui dire des mots rassurants. Des *plons* s'échappèrent de la poche de Claude et roulèrent dans la pente, il essaya d'en rattraper quelques-unes (à Trénelle, les billes étaient rares, il fallait en prendre soin comme d'un trésor), mais la douleur le cloua au sol. Alertée par le bruit, Man Geguette à côté entrouvrit la porte. La lampe à pétrole des voisins Henri s'alluma. Pensant à tort en avoir pris pour son grade, Claude s'approcha à nouveau de la porte en s'excusant de rentrer si tard, mais Ami Georges lui barra la route de son gros bras velu.

— C'est une heure pour rentrer, *timoun* ? Tu te crois à l'hôtel ?

— Désolé, Georges. Je n'ai pas vu l'heure, répondit Claude, son haleine trahissant une soirée alcoolisée. Pourtant, j'ai bien regardé. Et plusieurs fois !

— Tu n'as pas vu l'heure ? Tu veux jouer au rebelle avec moi, c'est ça ? Eh bah, tu vas dormir dehors. Tu ne veux pas respecter les règles, très bien, reste dans la rue. C'est chez moi ici, c'est moi qui commande, tu m'obéis ou tu dormiras tous les soirs dehors comme un chien *fè* que tu es.

— Désolé, Ami Georges, s'excusa Claude. Est-ce que je peux avoir à manger ? J'ai faim… et sommeil. Un peu d'eau ? S'il te plaît… Maman…

— Ne la regarde pas ! C'est moi qui te parle, là. Tu restes là ! Un chien *fè*, c'est *DÉ-WO* !

— T'es pas mon père, t'as pas le droit… Si je veux parler à ma mère je…

Il n'avait pas fini sa phrase qu'Ami Georges lui envoyait un revers sur la joue.

— Ah, je suis pas ton père ? Et il est où alors ? S'il était là, je serais en train de dormir tranquillement. Pas là à essayer de dresser le fils d'un paysan.

En retrait dans la cuisine, Man Suzanne avait attrapé une assiette dans laquelle elle avait jeté le reste de bouillon du soir. Elle passa derrière Ami Georges pour tendre l'assiette à Claude, mais Ami Georges, toujours dans le cadre de la porte, la lui arracha.

— Je ne travaille pas pour donner à manger aux chiens. Il mangera quand il respectera les règles de cette maison. Et ne me manque pas de respect, Suzanne. Je t'ai déjà dit ça !

À son regard, elle sentit qu'elle le paierait plus tard.

Cette nuit-là, Max eut du mal à fermer l'œil, car il imaginait son frère en boule sur la terre, dehors dans Trénelle. Dans son cauchemar, une ronde démoniaque de chiens *fè* s'ouvrait pour accueillir Claude. Sa tête était posée sur un corps de chien tout gris, tout feu. Dans son cauchemar, Ami Georges passait ses mains sous sa propre chemise pour retirer sa ceinture de cuir, la plier en deux et frapper de toutes ses forces les jambes de grand frère Claude avec la boucle. Dans son cauchemar, Man Suzanne était impuissante. Dans son cauchemar, Dina et lui-même étaient paralysés et n'arrivaient pas à bouger un doigt. Dans son cauchemar, Marcelle voyait des formes s'agiter dans le noir, dans un demi-sommeil tout aussi agité, et son père lever la main bien haut au ciel avant de la faire retomber en fracas sur un Claude en boule. Dans son cauchemar, Ami Georges avait jeté l'assiette de fruits à pain froide sur le sol pour que Claude la bouffe comme un chien *fè*.

L'heure des devoirs

En hiver, la nuit tombait beaucoup plus vite. Vers 17 heures, l'heure des devoirs. Max, Dina et Marcelle s'asseyaient autour de la table de la boutique à la lueur de l'unique lampe à pétrole accrochée au plafond. Avides de lumières, moustiques, moucherons, ravets en tout genre fonçaient dedans comme des gars bourrés dans les jupons de malheureuses. Max plissait les yeux au-dessus de son cahier. Il n'arrivait pas à se concentrer. La flamme était à la fois éblouissante et trop fragile pour voir le cahier en une seule fois. Au plafond, une tripotée de *mabouyas* s'adonnait au un-deux-trois-soleil en stoppant leurs courses effrénées par une pause de marbre, l'œil vif, mais le corps complètement immobile. Malgré les plaintes de ses enfants, Man Suzanne ne pouvait se permettre de sortir chaque jour la Coleman. Elle gardait cette lampe pour les grandes occasions, pour impressionner la galerie, lorsque Marraine Cornélie venait prendre le goûter le dimanche après-midi ou lorsqu'un cousin quittait le bastion familial de Saint-Joseph pour venir boire des nouvelles. Max, Dina et Marcelle collaient leur nez et leurs yeux grands ouverts sur les pages de leurs cahiers en manquant chaque soir de devenir aveugles. S'en suivaient des maux de tête colossaux durant lesquels ils devaient décoder chaque lettre, chaque mot, chaque phrase. Max tentait de déchiffrer en chuchotant :

— Grand A. Construction... de l'Empire... carolingien... Petit a... Pépin le... Bref. Sept cent... quarante et un... Sept cent... soixante... huit... Fils de... Charles Martel... Le glorieux vain... queur... des Arabes... à Poitiers...

— Chut, Max ! Lis dans ta tête, j'arrive pas à me concentrer, se plaignait Dina.

— Laisse-moi. J'arrive pas à lire dans ma tête.

— Essaie ! Même Marcelle y arrive.

— « Même Marcelle y arrive », singeait Max.

— *Ti manmay*, vous voulez que je vous aide à travailler ? réprimandait Man Suzanne.

Sans lever les yeux de la casserole qu'elle frottait dans la grande bassine, serrée entre ses mollets, Man Suzanne veillait à ce que tout le monde finisse ses devoirs du soir. Max n'avait au-cu-ne espèce d'idée de ce qu'il lisait. Ce soir, il était question des Francs. Bon. Pourquoi les mots des livres étaient-ils différents de ceux de tous les jours ? Il en comprenait un sur deux. Un mot sur deux, c'était déjà plus que Compère Célestin qui, lui, n'avait jamais appris le français. Personne ne le parlait à la maison, ni sa mère ni son père, tous deux paysans originaires de Macouba, et arrivés tardivement à Fort-de-France. Pour être honnête, c'était assez courant : environ la moitié de ses compères de classe ne parlaient pas français et fantasmaient sur la langue de Molière. Surtout lorsqu'elle était parlée par Madame Ordinez, *celle que vous laissiez passer dans l'escalier pour regarder sous sa jupe. Ah oui, elle était splendide Madame Ordinez, encore plus lorsqu'elle vous grondait.* « *An pa ka konpwann sa i ka di mé an té trouvé doudou-mwen !* – Je ne comprends pas ce qu'elle dit, mais j'ai trouvé mon amoureuse ! » disait Célestin. *Madame Ordinez n'était pas plus audible pour Compère Célestin que le prêtre qui vous faisait la messe en chinois ou que l'épicier chinois des Terres-Saintes qui vous vendait des cacahuètes en latin.* Un jour, elle avait trouvé Max, Célestin et deux autres dans les toilettes en train d'installer du poil à gratter sur les cuvettes. Elle les avait tirés à tour de rôle par les oreilles pour les asseoir sur le muret et les avait longtemps sermonnés. Lorsque Max avait aperçu le désert dans les yeux de Célestin, il avait tout fait pour retenir le fou rire qui lui arrivait au creux du ventre et qui lui tordait les abdominaux. Oui, les élèves étaient habitués à « aller à l'école » parce qu'il le fallait, sans en attendre grand-chose. Comment voulez-vous imprimer ce que le soldat a fait au vase de Soissons et ce que Clovis a fait au soldat si vous ne comprenez ni le mot « soldat » ni le mot « vase » et que vous pensez que « Soissons » et « Clovis » sont des mots ?

Max trouvait énervant de parler français, de devoir réfléchir à tout avant de parler. Perché sur son arbre, il observait les anciens qui claquaient les dominos en parlant le bon créole des campagnes, le créole viscéral de celles et ceux qui s'appelaient eux-mêmes les *abitans*, pas celui des plages, déjà dilué dans l'océan, ni celui plein de chichis de l'en-ville. La langue des grands, des anciens, des gars complètement *boulés* au rhum et à la bière. Il leur répondait même à voix basse en s'imaginant partie prenante de l'échange. Les vieux n'avaient pas besoin de faire attention à ce qu'ils disaient. Quelle liberté ! À Trénelle, le créole servait à chuchoter, comploter, faire des bêtises, ou se faire engueuler comme du poisson pourri. Mais Man Suzanne était catégorique :

— Moi, j'ai pas étudié à l'école comme vous. J'ai pas eu la chance d'apprendre le français avec les instituteurs de France. C'est comme ça, on est des paysans, alors si en plus on parle créole, qui va vouloir de nous, *mmh* ? Tant que vous habitez sous ce toit, vous parlerez français. Il n'y a pas de discussion possible. Est-ce qu'on vous parle créole à l'école ? Non ? Il y a bien une raison. Le créole c'est la langue de ceux qui ne veulent pas évoluer. Tu entends quelle langue à la radio ? Le dentiste te parle en quelle langue ? Regardez le métier de ceux qui parlent *kréyol*, et vous verrez.

Sur le chemin de l'école, Max et Marcelle s'amusaient à converser dans un créole de grands avec des mots d'adultes. Avec leur grand frère ou dès que les parents avaient le dos tourné, ils s'empressaient de braver l'interdiction.

— *Koté ou ka allé kon sa Max* – Où vas-tu Max ?

— *Mwen ka allé Fodfans, pou pran an sec* – À Fort-de-France, pour boire un coup de *rhume* !

— *Mwen ka allé épi'w* – Je t'accompagne.

— *Annou allé* – On y va !

Honteuse de ses frères et sœur, Dina marchait toujours un mètre devant, les mains agrippées aux bretelles de son cartable, le regard au loin. Elle se contentait très bien du français, elle. Madame Dina voulait vivre en France, voyez-vous. Madame Dina voulait quitter son île de paysans. Elle rêvait de grandeur, de Paris, de Champs-Élysées, de bœuf bourguignon. Dina fantasmait chaque jour son départ : les palmiers de l'aéroport du Lamentin s'éloignant en petits points verts agglomérés, indissociables de ceux qui borderaient la grand-route bitumée qui rejoindrait le bourg. À travers le hublot, l'ombre minuscule et sombre de l'avion glissant lentement sur les paysages tordus de votre enfance, surpassant Trénelle, invisible sous les arbres, épousant les contours des beaux mornes du centre de l'île, dessinant une boucle dans la baie des Flamands pour se mettre en direction du grand large. Puis, trop vite, l'avion entamerait sa descente vers les lumières de l'aéroport. Les 40 degrés à l'ombre lorsque Trénelle s'approchait de Noël ne suffisaient pas à réchauffer son cœur.

Même si Max comprenait le français, il n'avait la tête ni aux devoirs, ni à l'école, ni à l'institutrice. Son cerveau lui jouait des tours et son esprit dérivait comme le toit de Simca inversé sur lequel lui et ses compères naviguaient sur la rivière après l'école, retourné et poncé pour ne pas érafler leurs peaux.

Tu te demandes souvent ce que ça fait d'être une grosse tête
D'avoir des bonnes notes
Comme Clotilde, la première de la classe,
ou Mathurin, qui a des parents propriétaires d'une maison aux Terres-Sainville
Toi tu ne connais pas les Félicitations
Personne se pose la question pour toi
On se dit « Oh, Max, de toute façon, c'est un bon à rien. »
Il y a pire que de porter le bonnet d'âne
Il y a l'attente insupportable
Ce moment où tu restes là comme un con à attendre qu'on te le tende
Parce que tu sais bien qu'on va te le tendre
C'est inévitable
Si tu ne l'as pas encore sur le crâne, c'est que l'institutrice ne t'a pas encore remarqué
Et alors on te le tend finalement puis toi tu l'attrapes et tu le coiffes tout honteux
Et tout le monde te regarde en souriant.

La veille, Max était entré en classe tout songeur.

— Max (*on t'appelait en réalité par ton nom de famille, celui que t'avait donné Ami Georges en te reconnaissant*), tu n'oublies rien ? lui avait dit madame Ordinez.

Certain d'avoir compris, Max s'était dirigé en silence vers le coin de la classe, avait attrapé le bonnet d'âne et l'avait mis sur sa tête avant de s'asseoir avec les autres cancres.

— Max (*idem*) ! Tu veux déjà prendre le bonnet ? Je parlais du « Bonjour, Madame » que tu n'as pas dit en entrant. Garde-le donc maintenant que tu l'as.

Pendant qu'ils faisaient leurs devoirs, Max regardait Dina du coin de l'œil, elle se vantait de tout comprendre même si au fond elle ne retenait rien non plus. Comment se concentrer avec Ami Georges dans les parages ? Assis dans un coin avec son verre de rhum, le huitième de citron vert dansant inlassablement dedans, touillé à son gros doigt peau-rhino. De son poste, il invectivait les troupes dès que l'un des enfants levait le bout de son nez pour suivre une trajectoire de moustique. Lorsqu'ils déclaraient avoir fini, Man Suzanne faisait mine de vérifier les exercices, puis les envoyait jouer dehors une demi-heure avant de passer à table.

Max faisait dériver son doigt vers l'image à côté du texte, des cavaliers avec des lances sur des chevaux orange qui trottaient dans l'herbe. Puis vers le plan, *le... palais... de... Charlemagne*. Un peu plus bas, un manuscrit en « minuscule caroline » sur lequel vint s'écraser son propre filet de bave, ce qui ne manqua pas de le faire sursauter. Max se pencha vers sa petite sœur qui se régalait avec les chocolats donnés par Ami Georges. Max lui demanda tout bas :

— Eh, Marcelle, tu me passes un chocolat ?

— Non, tu en as déjà eu un, répondit-elle.

— Oui, mais toi t'en as eu trois. C'est pas juste.

C'était un fait. Ami Georges ne manquait pas une seule occasion de rappeler que Marcelle était sa seule « vraie » fille. C'était son joyau, sa fierté. Pas comme les bâtards de Man Suzanne. Pour marquer la différence, les injustices se multipliaient. Lorsque Marcelle recevait 1 franc pour les bonbons, eux recevaient 50 centimes. Max et Dina étaient systématiquement de corvée d'eau à la fontaine, de corvée de fruits, de corvée de linge, de corvée de briser les pains de glace, de corvée de ranger les pots, de corvée de noter les commandes, de corvée de tout, et ils avaient intérêt à bien fermer leurs bouches pour ne pas en prendre deux. Gare au geste d'agacement. Au goûter, tandis que Marcelle plaçait ses carrés de chocolat délicatement dans son pain, Max et Dina devaient se contenter d'un sandwich à l'envie.

Désemparée, Man Suzanne assistait à ce manège et commençait à *gestationner* un embryon de colère. Selon elle, chaque enfant qui vivait sous ce toit troué devait être traité de la même manière. Max s'en voulait d'en vouloir à sa sœur, car elle n'y était pour rien, mais il ne pouvait s'empêcher parfois de lui reprocher sa propre faim.

Max osa se plaindre à Man Suzanne sous les yeux d'Ami Georges. Que le petit Jésus de grès accroché entre les poissons séchés soit témoin de la violence de la gifle que Max prit ce jour-là, sous le regard médusé et craintif de Man Suzanne.

Leçon de choses

LE *MABOUYA*

Signifiant littéralement « mauvais esprit », le mabouya *est une sorte de gecko (autrement dit lézard) translucide, rosâtre, très répandu en Martinique. Sitôt la nuit tombée, ils sort de sa cachette pour taper la pause bras-en-étoile et petites billes noires globuleuses, sur les quatre murs de vot' case. Éclairés par la lampe de la table, tu les observes longuement au lieu de te concentrer sur tes devoirs. Ils te gobent un moustique ou ravet en un clin d'œil. Lorsque tu ouvres les yeux au petit matin, ils ont déjà disparu timides derrière tout ce qui peut les cacher du devant jour – armoires, fauteuil, chaise et autres.*

Rivière Madame

Souveraine, nourricière et intraitable, la Madame permettait de respirer, de se changer d'air. Un refuge bruyant et humide. Coupant Trénelle en deux, ses torrents rapides giflaient inlassablement les gros rochers dont les dômes vert mousse sortaient impuissants des flots. En se penchant au-dessus de l'eau claire, du haut de sa branche, Max observait les poissons-dormeurs immobiles sur les parois vaseuses du fond, les têtards « colle-roche » fragiles et éphémères, les crevettes jaunes « queues de madras », les écrevisses *z'habitants* bleues, orange, rouges, qui remontaient péniblement le courant. Formant un arc sur la rivière, d'énormes arbres se dressaient sur les berges : caïmitiers, abricotiers, tamariniers des Indes, pruniers, arbres à pain et bien d'autres. De nombreux voisins quittaient les hauteurs chaudes et infernales de la colline pour y trouver refuge et fraîcheur.

Du haut de ta branche tu contemples cette eau rapide qui n'oserait s'arrêter
pour prendre en pleine face ta misère,
qui ne survivrait pas ici à la lenteur de la vie

en un instant elle dévale le morne et s'empresse pour devenir océan
Niché au-dessus de la rivière, tu ris des poissons qui résistent aux flots
Les cocos et les fruits à pain s'écrasent dans l'eau comme des obus
Combien de kilomètres lui reste-t-il à faire pour ne pas prendre un moment
Combien de secrets transporte-t-elle au fond de son lit
Que cachent les vertes feuilles de balisiers qu'elle exhibe à la surface
A-t-elle peur ici de mourir marigot ?

Grâce à la rivière qui tranchait Trénelle sans jamais s'arrêter, Max s'évadait vers un monde qu'il ne connaissait pas. Les eaux arrosaient le quartier un temps puis se précipitaient vers l'en-ville. Son imagination mettait le cap vers l'endroit dont parlaient les grands. Non vers la source de Grosse-Roche qu'il connaissait par cœur – là où la mairie avait fait installer des fontaines –, mais vers le canal Levassor, l'embouchure, les portes de la mer. La Madame prenait naissance dans les cascades froides des hauts mornes et se jetait à l'autre extrémité dans la baie des Flamands, déversant dans la mer des Antilles la vie et le quotidien des habitants de Trénelle. Avec un peu d'effort, il distinguait des poissons géants qui remontaient le courant jusqu'à lui, de nombreux canots de pêcheurs qui s'engouffraient par le canal pour aller jusqu'aux marchés, avec des cageots remplis de langoustes et de morues qui débordent. À quoi ressemblait la rivière quand elle rejoignait la mer ? Un jour, il braverait l'interdiction et descendrait la rivière jusqu'au bout ? Là où tout était sûrement plus beau. Avec Anita, la fille de Man Lala. La plus belle. Sur le dos d'une baleine pilote.

Un jour tu l'emmèneras voir Fort-de-France, ses marchés, le beau bar de la Rotonde réservés aux gros porte-monnaie, la terrasse lumineuse du grand Hôtel du Nord, les grandes marches de la bibliothèque Schoelcher, la place de La Savane et d'autres délices verts de la basse-ville. Chaque soir, tu espères lui parler, lui dire ce que sa beauté te fait, mais il faudrait pour cela t'enlever un peu de timidité.
Tu l'observeras mille fois sans lui adresser un mot.

L'heure des pots était un excellent prétexte. Max passait désormais de longues minutes à guetter les doudous qui, comme Anita, descendaient à la rivière, s'amusait à les croiser et à les prendre en filature pour humer leurs tignasses odeur vanille. Les jeunes se retrouvaient en contrebas, pot souillé dans une main derrière le dos. Malgré l'odeur insoutenable – la plupart n'y prêtaient plus attention –, Max retrouvait ses amis et jouait à se perdre dans les fougères géantes avec les filles. Aux confins de l'adolescence, les filles devenaient des sujets de convoitise, presque autant que les cerfs-volants.

Leçon de choses

LE WESTERN *MÉRITJEN*

Film américain dont l'action se déroule traditionnellement dans l'Ouest américain et voit s'opposer Blancs américains et Indiens d'Amérique, les bons et les méchants. Dedans s'y trouvent souvent John Wayne, Yul Brynner, Gary Cooper et tes autres héros. Le film western se consomme exclusivement le dimanche à 16 heures devant chez Man Pommier, l'une des seules habitantes à posséder un écran de télévision. On se bouscule pas mal pour glisser un œil de choix à travers la persienne. Quand le film se termine et que Man Pommier chasse les curieux, l'action se poursuit sur les bords de la rivière avec des pistolets-bois et des flèches-branches.

Des coqs

Ami Georges s'en allait souvent vagabonder dans le quartier. Il embrassait furtivement Man Suzanne, puis se défilait, prétextant un service qu'il devait absolument rendre ou tout simplement se tirant sans donner d'explication. Agile, Max passait d'arbre en arbre et le suivait. Mission forte en adrénaline. Il épiait les moindres faits et gestes d'Ami Georges. Rien ne lui échappait. Ce dernier s'arrêtait parfois pour manger un morceau à la terrasse d'un *bwibwi*. Alors Max se postait sur sa branche et conversait avec ses amis imaginaires : Yéyé le singe, Satanas la panthère, Bwana le lion, Pétoulet le kangourou, Rasmus, pas le cochon, mais le magicien. Avec eux, la forêt lui appartenait et il se sentait invisible. Parfois, Ami Georges criait « *To, To, To* » et rentrait dans des cases, à droite à gauche. Il ne dépassait que très rarement les limites de Trénelle, à l'endroit où la rivière disparaissait sous la ville. Il tournait dans la forêt un moment, mais finissait toujours par rejoindre le terrain de *Missié* Robè dans lequel trônait cette arène gigantesque.

Max descendait des arbres et se rapprochait du vacarme. L'œil vissé entre deux planches déglinguées, il observait les jeux du cirque se mettre en place, les hommes devenir fous, beugler, sauter en rond, renverser leurs bières, s'envoyer des *palavirés* dans les tempes au moindre écart de conduite. Dans l'arène encore vide de ses combattants, on jetait des billets sur le sable chaud. Max n'avait jamais vu autant d'argent. Les billets flottaient dans les airs, chopés au vol par *Missié* Marcus « Attilius ». Attilius arrachait l'argent des mains, pour les redistribuer dans d'autres. Il régissait tout ce beau monde avec une dextérité exceptionnelle. Une jeune fille de l'âge de Claude accourait alors avec un plateau de boissons qu'elle dispatchait à la foule. Partout, on aboyait « *Rosaaaaaa !* Mets-moi un demi ! *Rosaaaaa ! Ba mwen an chopine !* » Il ne rêvait pas, plus d'une fois Ami Georges avait passé son bras autour de la taille de la jeune fille qui n'avait pas l'air d'en être dérangée. Ni du bras ni des baisers dans le cou.

Piégés dans deux cages de taille égale, les gladiateurs ailés entraient en scène sous les hourras. Le combat de coqs commençait ! Chaque oiseau se jetait sur son ennemi avec férocité. Les coqs se jaugeaient un temps, puis s'agrippaient à coups de long bec et grandes pattes. Parfois, l'un parvenait à renverser l'autre et picorait son adversaire jusqu'au dernier souffle. Ami Georges se tenait debout, penché en avant, à côté des autres, comme prêt à se jeter dans l'arène, et encourageait chaque offensive du coq sur lequel il avait misé juste auparavant : « Tue-le ! Chope-le ! Dégomme-moi ça ! Attaque-le ! » Max voyait en lui la folie, il tremblait de peur. Ses yeux étaient rouges, injectés de sang, parfois jaune serpent avec les reflets du soleil de midi. Un jeune homme marquait à la craie les points de chacun sur un grand tableau d'ardoise. « En tête, Victor avec 208. Suit Pierre avec 202. Puis Éloi avec 189, etc. »

Man Suzanne détestait qu'Ami Georges passe ses fins de semaine au *pit à coqs* alors qu'elle se tuait à la tâche. Beaucoup d'énergie pour pas grand-chose, quelques francs tout au plus. Sa paie de « civil militaire au service mécanique de l'armée » ne suffisait plus à régler les charges de la boutique, qui irait droit dans le mur si ça continuait. Man Suzanne lui reprochait presque quotidiennement de ne pas aller chercher du travail à l'en-ville au lieu de vagabonder tout l'après-midi pour aller voir tu-ne-sais-quelles-autres-madames. *Missié* Afarel, de la case d'à côté, descendait chaque jour en ville en quête du pain quotidien. Parfois, ça marchait, parfois non. Mais il essayait.

Aussi bête qu'un cabri

Le samedi, Max avait un peu plus le temps pour s'amuser avec les copains. Armés de branches aiguisées et de lance-pierres, les enfants jouaient aux cow-boys et aux Indiens comme dans les westerns *méritjens.* Claude avait construit à son frère une vraie hache de Peau-Rouge dans un tronc de bambou. Tout le monde voulait être John Wayne, Gary Cooper, Henry Fonda et tous les autres. Ils s'imaginaient avec de grands chapeaux dans le désert d'Amérique. Les Indiens étaient nuls, ils perdaient tout le temps dans les films. *Les Indiens étaient comme Dina et toi, ils se faisaient botter le cul sans raison à longueur de journée.* Le pauvre Ti Jo était forcé de faire l'Apache, jamais sans une râle. De toute façon, soit il faisait l'Indien, soit il pouvait se trouver une autre bande pour jouer. Ce n'était pas ce qui manquait. Max avançait au trot sur son cheval imaginaire, un puissant Appaloosa à la robe tachetée et à la crinière sombre. Sur son gros rocher, il s'apprêtait à prendre en chasse le chef Ti Jo aux mille plumes lorsque, soudain, il entendit des cris de biquette. En se retournant, il aperçut Ami Georges tirant un cabri grâce à une corde attachée à son cou et une branche qu'il claquait par terre. Un enfant cria : « V'là le shérif et son fidèle destrier ! » et tous se réfugièrent dans les arbres et les fougères, une vraie traînée de poudre. Sous les yeux de leurs petites têtes perchées, Ami Georges interpella Max :

— Max, viens ici ! Tu vas m'aider à attacher le cabri.

— D'accord, j'arrive papa, répondit-il en sautant de son rocher.

— Inspection.

Max lui montra ses mains.

— Pourquoi tes mains sont pleines de poussière ? Tu es tout sale, tu ne sais pas jouer propre ?

Tout en lui enserrant le poignet d'une main puissante, il lui donnait de petites tapes désagréables de l'autre pour faire tomber la poussière. En lui tendant la corde, il reprit :

— Tiens. Tu fais attention. Attache-le quelque part où on peut le voir, nous le tuerons dans quelques jours pour le ragoût. Man Lala m'en a déjà commandé deux côtes, dit-il en tapotant vigoureusement les flancs de l'animal.

Honoré de s'être vu confier cette mission, Max arpenta les sentiers alentour à la recherche d'un endroit de choix pour attacher la bête. Il trouva un arbre à pain, dont les racines ombragées se déployaient jusqu'au milieu d'un petit sentier en pente.

— Voilà, s'exclama Max en attrapant fermement la tête de la bête de ses deux petites mains. Je t'installe ici. Tu ne bouges pas, hein ? Et, je te préviens, tu ne t'échappes pas sinon je vais avoir de gros ennuis.

Max passa la corde autour de l'arbre, fit un nœud solide et un clin d'œil à l'animal qui le fixait, le regard vide et stupide. Et il retourna jouer au Far West. Une fois les Indiens vaincus, le chef Ti Jo des Nez-percés ayant rendu sa hache, il s'empressa de revenir au galop vers son prisonnier. Cela faisait trente bonnes minutes qu'il l'avait laissé seul. Lorsqu'il arriva au pied de l'arbre à pain, il constata avec effroi que le mouton s'était étranglé avec la corde dans la pente raide.

Max tomba à genoux, ne croyant pas ce qu'il voyait.

Seigneur
Que faire ?
Le cacher ? Ou bien dire qu'on te l'a volé ?
Peu importe la raison que tu donnes
La foudre va s'abattre sur toi
Figé, tu te gonfles de courage et tu cours à la maison pour avouer ta bêtise.

— Incapable ! Tu as attaché mon cabri dans une pente, couillon ? Tu n'as pas de cerveau ? Je dois tout t'apprendre ? Tu mérites le même sort que lui ! J'ai honte de toi. Tu sais combien ça coûte, une chèvre ?

— Désolé. Je n'ai pas fait exprès, papa, répétait Max, tête baissée.

Honteux et effrayé, Max maintenait un coude au niveau de son visage, par protection et anticipation. Il savait qu'un coup pouvait partir, en pleine tête, dans les côtes, sur ses fesses. Il gesticulait de peur.

— Va chercher un sac, va mettre la bête dedans. Tu vas aller la jeter toi-même à la rivière.

À demi délivré de sa paralysie, Max s'exécuta, aidé par Dina et Claude. Ami Georges lui fit traverser tout Trénelle, traînant le sac qui lui parut peser 10 tonnes. Comme à son habitude, Ami Georges marchait fièrement au milieu des chemins, souriant aux gens qu'il croisait, visiblement satisfait de montrer à tout le monde comment il dressait les bons à rien de Man Suzanne. Max ne s'était jamais senti aussi mal à l'aise. Ses jambes devenaient lourdes, ses pieds quittaient le sol et ses mains commençaient à changer de couleur au contact de la corde tendue et rugueuse. Il tirait la dépouille de l'animal mort dans le sac qui se déchiquetait un peu plus à chaque pas, laissant derrière lui une lourde traînée.

— J'oubliais : tu sais combien Papa a acheté le cabri au marché ? Tu vas travailler pour me rembourser. Je ne vais pas payer pour tes bêtises de couillon.

Lorsqu'ils arrivèrent à la rivière, les amis de Max éclatèrent de rire à la vue de leur camarade qui tentait tant bien que mal de sortir la dépouille du sac en lambeaux. Même Anita riait avec les autres. C'est à cet endroit de la rivière que souvent des voix s'élevaient sur les rives pour crier aux noyés, ces malheureux emportés par les rapides. Au milieu de la rivière Madame, souveraine et impitoyable, se trouvait un trou profond, effrayant, qui mangeait tout. Petits et grands savaient exactement contourner ce piège, mais il arrivait parfois que la faille engloutisse les moins prudents. Le fils Roselmack, garçon baraqué et excellent nageur, n'hésitait jamais à sauter dans la rivière, quitte à plonger dans le trou pour rattraper les malheureux presque engloutis – même les animaux, qui glissaient sur les bords baveux de la ravine. Il récupérait tout, hommes, bêtes, vélos, jouets… Roselmack était aussi adroit dans l'eau que dans les arbres. « Zembla n'a qu'à bien se tenir. Nous avons Roselmack », pensait Max.

Lorsque Max parvint enfin à détacher la bête de ce qu'il restait du sac, il la poussa péniblement et avec dégoût dans la rivière où elle disparut aussitôt, happée par les courants profonds et violents. Les larmes aux yeux, pétrifié de honte, les mains éraflées, rouges et douloureuses, Max fit face à Ami Georges qui lui dit, très fier de son mot d'esprit :

— Tu vois, on dit *bête kon an kabrit* – bête comme un cabri. Maintenant, on dira « bête comme Max ». Que cela te serve de leçon !

Du matin jusqu'au soir, Ami Georges peut surgir et vous en flanquer à volonté

Abrité sous la table, tu l'écoutes dégueuler ce qu'il pense de toi, le fils de personne

Tu entends ta mère prendre de grandes gifles

Ta sœur disparaître dans l'arrière-salle

Les pluies tropicales de l'été s'abattant sur la case apportent encore plus de vacarme et de violence.

Leçon de choses

ANITA

Anita est sans rivale. La plus belle fille de Trénelle. Elle possède des yeux verts et une jungle de cheveux bien rangés le matin pour aller à l'école, mais sauvage lorsqu'il faut prendre son bain à la Madame. Elle a l'air d'aimer les billes, les robes, les garçons plus grands, les blagues, son frère aîné, se baigner dans la rivière, les goûters. Tu ne fais pas partie des choses qu'elle aime pour le moment, mais grand frère Claude t'a donné une technique infaillible, enfin à ses dires, pour qu'elle te regarde : l'ignorer. Si tu l'ignores, et que tu ne la regardes pas tout le temps avec tes yeux de ravi de la crèche, elle commencera tout doucement à s'intéresser à toi. Les filles aiment les garçons mystérieux, les bad boys, *disait Claude.*

Chez Daniel Mont, il y avait la TV. Max et les autres garçons s'y rendaient après les classes pour « regarder » des westerns méritjens. Vint le jour où Anita glissa à l'oreille de Max qu'elle ne voulait plus jouer. Alors ils restaient devant la TV, mais ne la regardaient plus.

Dina

En cet après-midi ensoleillé, femmes et hommes semblaient tournoyer deux par deux dans la fraîcheur du début de soirée. En arrière-plan, l'orchestre rythmait les corps surplombés de chapeaux et coiffes extravagantes. À la lumière de la lune, Dina les observait converser à l'ombre, porter leur verre avec élégance, rire de malice, fumer sans crainte. La foule était joyeuse. Dina crevait d'envie de transpercer le papier, d'en être, de faire partie de la fête.

Cette image était la seule qu'elle avait de Paris. Une peinture de Renoir, *Le Bal du Moulin de la Galette, Montmartre*, comme indiqué au dos. Chaque soir, elle rêvait d'appartenir à cette foule de gens aisés, qui n'avaient sûrement pour seul tracas que de ne pas connaître encore leur prochaine idylle. Sa passion la dévorait. Son Paris était une chimère, une vision fantasmée brouillée et accrue par la chaleur. Paris était sa fièvre et son destin. Elle ne quitterait pas Trénelle pour n'importe qui, n'importe quoi. Elle partirait pour la France. Coûte que coûte. Un matin, pour l'agacer, Max débusqua la photo de sous son oreiller :

— Mais qu'est-ce que c'est que ça ? demanda-t-il d'un air faussement naïf.

— Rends-moi ça, Max !

— Ah non. J'ai trouvé, je garde.

— Rends-la-moi, je te dis ! T'as pas le droit de toucher à mes affaires.

— C'est ton amoureux qui te l'a offert ?

— Non, c'est Monsieur Puff, parce que j'ai eu une bonne note, figure-toi. Ça risque pas de t'arriver à toi. Tu es jaloux ?

— Jaloux d'une photo ? Je m'en fiche comme tu peux pas savoir.

— Alors, donne !

— Qu'est-ce que tu me donnes en échange ?

Max esquiva Dina, rapide, mais moins que lui. Les deux firent trois fois le tour de la case et Max chantait des bouts de *La Marseillaise* en se marrant. Il s'encastra contre le torse d'Ami Georges, soudainement campé en plein milieu du chemin.

— Pourquoi vous courez comme ça, *timoun* ? Je peux vous aider ? Qu'est-ce que c'est que ce boucan ? Vous voyez pas que vous fatiguez tout le monde ? Tout le monde vous entend dehors ! Vous êtes complètement mabouls ou quoi ?

— Il m'a volé ma photo ! s'écria aussitôt Dina.

— J'en ai rien à faire de qui a volé quoi à qui, répondit Ami Georges en haussant le ton. Qui est-ce qui décide ici ?

— C'est toi, papa, dirent en chœur les enfants.

— Alors, qu'est-ce qu'on dit ?

— Pardon, papa, répliquèrent-ils d'une même voix mécanique. On ne recommencera plus.

— Donne-moi ça, qu'est-ce que c'est ? cria-t-il à Max avant de s'emparer de la photo.

Les larmes coulaient le long des joues de Dina. Elle avait les yeux rivés sur sa photo. Ami Georges envoya sa paume contre le visage de Max.

La peau de ta joie est en train de se décoller.

— Voilà pour t'apprendre ! *Timanmay jodi ya*, c'est toi qui prends Max, mais la prochaine fois ce sera toi ! conclut-il en se tournant vers Dina.

Ami Georges congédia les deux enfants. Man Suzanne n'était pas intervenue. Elle apporta un bandage et tapota la joue incandescente de Max.

Un jour, Dina ferait ses adieux à Trénelle. L'école finie, elle travaillerait pendant deux ans pour se faire des économies. En attendant, elle continuait à espionner le voisin Fwansoi, chauffeur officiel de Monsieur Aimé Césaire. *Missié* Fwansoi avait l'habitude de conduire Monsieur le Maire à l'aéroport. Un jour, c'est Dina qu'il emmènerait. Direction Paris Orly. Dina y trouverait un amoureux. Chaque soir, on l'emmènerait dîner dans les beaux arrondissements. Peut-être même qu'ils passeraient en voiture devant l'Arc de triomphe d'où ils descendraient les Champs-Élysées bras dessus bras dessous. Naturellement, elle aurait un travail qui lui permettrait d'acheter de belles robes pastel et tendance, de nouveaux collants, des souliers qui envelopperaient ses pieds, loin du sol râpeux de Trénelle. Pour Ami Georges, Dina rêvait. Pour Man Suzanne, ce rêve était un objectif, une mission, une obligation. Pour accomplir cette obligation qu'elle mûrissait depuis son plus jeune âge, Dina travaillait son français, s'appliquait à l'école. À la case, elle répétait les phrases de la radio. Max et Claude se tordaient de rire en écoutant Dina réciter de tête le charabia du Général : « Mon Dieu, que vous êtes français ! La Martinique est un témoin, un lien, un point, un lieu d'où la France doit rayonner précisément sur l'ensemble de cet océan dont je parle. Entre l'Europe et l'Amérique, il n'y a que des poussières, et on ne construit pas des États sur des poussières. » Max charriait sa sœur :

— Tu comprends même pas ce que tu dis…

— C'est toi qui comprends rien. Retourne parler créole avec tes pauvres compères.

— T'as qu'à te marier avec Monsieur Vérodin. Il t'amènera à Paris, lui.

— Bonne idée ! Comme ça je verrai plus ta tête de vache.

— Bah non, tu vas continuer à voir ma tête de vache. Tu sais pourquoi ? Parce qu'il est trop vieux pour toi, Monsieur Vérodin ! Il a l'âge de Marraine Cornélie, tête de banane ! Il doit avoir une femme et des enfants dans une villa là-haut. Tu crois qu'il va s'intéresser à une fille comme toi qui va laver ses couverts à la rivière ?

— Tu veux savoir un secret ? demanda Dina.

— Vas-y, dit Max.

— *Missié* Fwansoi va m'emmener à Paris. Il me l'a promis.

— *Missié* Fwansoi ?

— Oui.

— Le boug' qui conduit Sézè ?

— Oui. Dans la belle DS. Il a promis de m'emmener voir Paris quand je serai plus grande.

Dina s'était tellement répété ce scénario qu'elle ne se rendait même plus compte qu'elle mentait. Max explosa de rire. Mais bien sûr, le chauffeur d'Aimé Césaire, l'homme le plus connu de l'île, le maire de Fodfans. Emmener Dina en France. Rien de plus stupide, pensa Max.

À l'école, Dina enviait une amie de classe qui rendait parfois visite à sa mère, femme de ménage au Club Méditerranée, à Sainte-Anne, tout au sud de l'île. Elle l'écoutait raconter :

— Le Club Méditerranée est sur la plage des Boucaniers. C'est tout récent et très moderne. Ma mère rencontre beaucoup de métros là-bas. Tout le monde est gentil. Elle m'a dit que le patron de l'établissement cherche des jeunes pour s'occuper des Français qui viennent pour se reposer et passer du bon temps. Mais sinon, ils cherchent aussi des gouvernantes et pas besoin d'aller à l'école hôtelière selon elle.

— Le Club Méditerranée, répétait Dina, songeuse.

Dernière étape avant de s'envoler, si Dieu le voulait, vers Paris.

Tes ancêtres les Gaulois

Les années passaient et Max n'avait toujours pas la tête à l'école, ni la tête à la France. Il répétait bêtement « la Seine, la Garonne, le Rhône, la Loire ». Il apprenait par cœur les grands massifs montagneux, « les Alpes, les Pyrénées ». Sans poser de questions, il ressassait « les quatre saisons », « ses ancêtres, les Gaulois », « Clovis », « Charlemagne », « Jeanne d'Arc », « le Roi-Soleil », « Bonaparte » et « Jules Ferry ».

Il répétait, recopiait bêtement dans son cahier. Attention, attention à ne pas faire de gros pâtés, sinon le *dirlot*, que tout le monde appelait Javelot, passait et vous mettait facilement un coup de liane sur les doigts pour vous faire passer l'envie. Toujours avec sa liane dans les mains, prêt à la claquer sur les ongles et phalanges de Max et de ses compères. Il aimait bien refermer sa gigantesque *Histoire de France* sur les doigts de celles et ceux qui lisaient trop lentement.

Un soir, Monsieur Foiret, un instituteur beaucoup plus sympa que Madame Ordinez, avait vu que Max tremblait et faisait beaucoup de ratures, alors il lui proposa de l'aider un peu après la classe, pour qu'il apprenne à mieux manier son bec de plume Sergent-Major. Monsieur Foiret était tout l'inverse de Javelot. Gentil, et il ne frappait jamais, lui.

*

— À partir du IXe siècle avant Jésus-Christ, les Celtes vont venir envahir ce territoire qui n'est pas encore la Gaule, hein ? Nos ancêtres les Gaulois sont d'abord un peuple d'envahisseurs. Au fil des années, les populations celtiques s'installent pour donner naissance aux tribus gauloises, d'accord ? C'est comme cela que naissent les Gaulois…

Tu n'as pas bien plié tes vêtements sous ta chaise. Non ça tu l'as fait. Peut-être que tu as laissé traîner quelque chose dans l'entrée… C'est le linge que tu as oublié ? Les lèvres de Maître Juliard bougent, mais ton esprit est à la boutique. Que fait ta mère ? Est-ce qu'elle va bien ? Tu te laisses envahir par la peur et rien n'importe plus en ce moment que de rentrer à l'heure.

— … et nos ancêtres portaient une attention particulière à leur apparence, notamment à leurs cheveux, poursuivait Maître Juliard. La plupart des Gaulois avaient de longs cheveux blonds qu'ils lavaient à l'eau de chaux, voyez ? Et ils les coiffaient en tresse, d'accord. Je veux voir tout le monde noter… Oui Jeannette, vous levez la main, vous avez une question ? Levez-vous.

Vas-tu pouvoir rentrer à l'heure ce soir ? Il le faut. Tu n'as pas le choix. Le plus important, c'est de rentrer à l'heure. Hier, tu es arrivé avec 2 minutes de retard à la maison et tu as reçu deux coups de ceinture sur les bras. Tu le sais pourtant. Pour lui, c'est un manque de respect. PAS. DE. RETARD. Tu sais que tu vas passer un sale quart d'heure si tu te pointes en retard. Tu as 5 minutes pour rentrer à la maison. Pas une de plus.

Comme tous les jours après le goûter, tu regardes l'horloge en bois fixée au mur, juste au-dessous du bureau du maître. 16 h 18... 16 h 19... 16 h 20...

— ... Le portrait type de notre ancêtre gaulois serait bien évidemment incomplet sans cette moustache impressionnante qui... Monsieur Max ! Peut-être que cela ne vous intéresse pas ? Monsieur Abel, réveillez le cadavre ! Pouvez-vous vous lever ? Voilà, vous répétez ce que je viens de dire ?

— Je... Je ne peux pas, maître. *16 h 22.*

— Très bien ! Vous avez sans doute une bonne excuse ?

— Non, maître. *Presque 16 h 23.*

— Eh bien, puisque vous avez mieux à faire qu'écouter votre leçon d'histoire, vous recopierez cent fois *Je ne dois pas rêver en classe d'histoire, car je suis intéressé par l'histoire de mes ancêtres les Gaulois.* Pour demain. C'est clair ? Bien ! (*Presque 16 h 24*) Où en étais-je ? Donc, le Gaulois sait être très coquet. Il porte également des braies, hein, qui sont des sortes de pantalons avec des rayures...

Tu te fais des films, un scénario dans lequel, pour une raison ou pour une autre, quelqu'un t'empêche de sortir de classe. Tu imagines que le maître se dresse de tout son haut devant la porte, te bloquant ainsi l'accès. Tu imagines être obligé de recopier ta punition tout de suite après la classe. Que ce soit bien clair, rien ne pourra te détourner de ta mission d'arriver à l'heure. Rien.

Plus que quelques secondes.

16 h 30 ! La sonnerie résonna dans toute la pièce. Max s'empressa de ranger une partie de ses affaires dans son sac et garda l'autre moitié sous le bras pour gagner du temps. Il se jeta vers la porte d'entrée, dévala les grands escaliers menant au préau, traversa la cour à grandes enjambées avant d'être rejoint à toute allure par Dina au milieu de la cour. L'école

élémentaire Morne-Calebasse, la seule de Trénelle, était située dans le creux de la colline. À bout de souffle, Max et Dina remontèrent le sentier comme des dératés. À plusieurs reprises, Max manqua trébucher sur de grosses branches au détour d'un virage. Lorsqu'ils arrivèrent devant la maison, ils aperçurent Ami Georges dans le potager. 16 h 35. Pile-poil. Le regard de l'homme s'arrêta sur Max :

— Pourquoi ta chemise est froissée ?

— Je ne sais pas. J'ai couru.

— Pourquoi tu as couru ? Tu ne sais pas marcher ? Je vous ai déjà dit que je ne veux pas vous voir avec des vêtements froissés et sales. Et à quoi cela sert que je t'achète un cartable si tu ne mets pas tes affaires dedans ?

— Ce n'est pas sa faute, dit Dina.

— Tu prends sa défense ?

Il se tourna vers elle, les yeux furieux. Puis vers Max à nouveau. Aujourd'hui encore, ils n'y couperaient pas.

Des coups. Des coups. Des coups. Quoi que tu fasses, tu prends des coups. Des coups pour le retard. Des coups pour les vêtements froissés. Des coups pour les chaussures sales. Des coups pour les mauvaises notes. Des coups pour le cahier perdu. Des coups pour les punitions. Des coups pour les jeux. Des coups pour tout.

Ah oui, et la chaise d'Ami Georges installé dehors pour faire le guet.

Le soleil comme pendule dicte la vie, les heures de la journée, les levers comme les couchers.

Cafard à homme

Qu'ils sont terribles ces disciples de Satan réincarnés en blattes ! Tout droit sortis des entrailles des Enfers, ces vilains noirs à carapace, énormes, volants, velus, solides, répugnants. Ces affreux, les « ravets ». Tu en as une peur bleue. Ils grouillent. Ils pullulent par milliers dans tes cauchemars et polluent tes rêves. Ils virevoltent sitôt la nuit tombée et zigzaguent entre les hommes. Ils passent au ras des terrasses, viennent s'éclater contre la tôle dans un fracas dégueulasse. Ils sont maladroits, imprévisibles, méchants. Comme des chiens affamés, ils pillent les garde-manger et saccagent les poubelles pleines d'os de viande et de noyaux-fruits. Ils noircissent le ciel rose de leurs grosses pattes sombres. Ils gâchent le bonheur.

Cette nuit-là, le silence était troublé par un bourdonnement immonde suivi de bruits secs, réguliers, contre la cloison de la boutique. Saisi de peur, Max gesticulait dans son sac de jute. Il savait très bien de quoi il s'agissait. Dans la pénombre, il imaginait la bête se posant sur lui, le tapotant avec ses antennes, repartant vers la fenêtre puis revenant se percher sur son crâne. Il s'était emmitouflé sous ses draps sans laisser un centimètre de peau à la merci du cafard.

Soudain, la lampe à pétrole d'Ami Georges éclaira toute la pièce.

— Qu'est-ce que c'est que ce boucan, *timoun* ? demanda-t-il.

— Max a peur du noir, plaisanta Dina.

— Il y a un ravet sur le mur, corrigea Max en lançant un regard noir à sa sœur.

— Et alors ?

— Je n'arrive pas à dormir. Il n'arrête pas de voler sur nous.

— Tu veux qu'il parte ?

— Oui.

— Alors, prends-le.

— Non !

— Tu vas te lever, tu vas le prendre et tu vas le mettre dehors tout seul.

— Non ! Non ! Non !

Ami Georges posa doucement sa lampe sur le sol, s'approcha de la bête qui s'était posée sur l'un des murs, prit son soulier et écrasa le ravet contre le mur. Il n'en resta qu'une horrible bouillie qui frétillait encore dans un bourdonnement horrible :

— Maintenant, touche !

Max fut forcé de mettre la main sur le cafard sous le regard horrifié de Dina.

Tu ne te rappelles pas un temps où tu ne te faisais pas dessus
Tu n'es pas fou tu ne vas pas prendre le risque de te faire remarquer en pleine nuit
Alors tu te retiens à t'en déchirer la vessie
Une douleur dans le bas du ventre
« Dina, toi aussi tu as envie de faire pipi ? »
Elle en meurt d'envie aussi

Mais trop peur de croiser Ami Georges dans la pénombre
Et par-dessus le marché la honte de commencer la moitié des journées
en marchant jusqu'à la rivière avec ton pyjama trempé de pissse.

Parfois, Ami Georges rentrait dans la chambre avant l'arrivée du jour pour vérifier que les matelas étaient secs.

Leçon de choses

SCOUTS ET GUIDES DE FRANCE

Les Scouts et Guides de France sont un mouvement catholique d'éducation populaire qui vise à former des citoyens actifs et des artisans de paix. Un mouvement qui te déchiquette les pieds lors des longues marches avec la plupart des compères que tu retrouves de l'école – Silvère, Carole, Henri, Maximin, et d'autres. Tu y fais des feux de plage, des veillées dans les champs infestés de crabes de terre au Vauclin, des balades le long de la route de la Trace, les nuits courtes puis d'autres longues marches pour rejoindre Fort-de-France, les morceaux de pain rôtis. C'est important pour Man Suzanne que tu y ailles avec tes sœurs.

Chasse au singe

Avec Zembla, Max se sentait plus fort. À Trénelle, les BD passaient de main en main et étaient les seuls objets extérieurs autorisés à la maison. Le reste, il fallait le cacher loin des yeux de Man Suzanne. Elle détestait quand Max et Dina rapportaient les objets des autres. Il y avait cette fois où Simon avait trouvé des Ray-Ban sur un banc de la Savane, ils les avait prêtées à Hector qui les avait prêtées à Christian qui les avait prêtées à Thierry qui les avait prêtées à Max. Man Suzanne avait découvert la monture dans le tas d'affaires de son fils soigneusement mis en boule sous la table : « Tu vas rendre ces lunettes à leur propriétaire tout de suite ! » Pour les objets d'une moindre valeur comme des billes ou un lance-pierres en bois, il fallait simplement « annoncer » chaque nouvel objet qui rentrait dans la maison, son utilité, sa provenance, combien de temps il resterait dans les mains de Max, comme pour le consigner dans un registre invisible. Il ne fallait surtout pas être redevable. Jamais. *Prendre* voulait dire *devoir rendre*, ce qui était inacceptable pour Man Suzanne. Elle avait travaillé dur toute sa vie pour ne jamais être endettée. Elle avait fait la guerre aux crédits pendant les quelques années où elle tenait le carnet de notes de la boutique, ce n'était pas pour se retrouver dans le carnet de comptes des voisins.

Selon Man Suzanne, on ne pouvait avoir confiance en personne, même en ses plus fidèles amis, dont on ne devait jamais considérer la fidélité acquise. Il ne fallait pas faire sortir la confiance hors de la famille. En plus de cela, montrer ses biens pouvait attirer la jalousie des voisins. Alors, quand Man Suzanne rapportait un nouveau vase de la ville, elle l'enroulait dans du papier journal et ne le déballait qu'une fois arrivée à la case. De la même manière, Man Suzanne se rendit vite compte que Max construisait de beaux jouets avec du bois, de la tôle, des restes de noix de coco et de calebasses : elle l'encourageait à ne pas les montrer – « Max, range ce cerf-volant, tu vas te le faire piquer. » Il fallait être décent, fier, mais surtout pas « *tape à œil* », ne pas faire le *zozodjadaj* au quartier, arborer tout ce qu'on avait de neuf. Man Suzanne racontait souvent l'histoire de cette voisine de Saint-Joseph qui narguait ses voisins en les invitant chez elle. Elle n'était pas vraiment plus aisée que le reste du voisinage, mais elle osait recevoir. Les voisines avaient fait appel au quimbois, un esprit à tête de chien avait alors déboulé pour évincer cette femme de la scène de la vie. Son mari était tombé malade et elle avait perdu tous ses biens.

Heureusement, les livres étaient une exception à Trénelle. On pouvait facilement les dissimuler, les échanger, les troquer. Max adorait se mettre dans la peau de ces héros surhumains – Zembla contre Akim, Akim contre Blek, Blek contre Zembla. Max contre Ami Georges. Il y avait un Zembla que Max ne faisait jamais tourner, il le gardait précieusement : le cent soixantième épisode, *Le Seigneur de la forêt*. Dans cette histoire, Zembla luttait contre les forces du mal et montrait aux méchants qui était le vrai patron des bois. À la page 17, le héros terrassait même un énorme crocodile. Toute la journée, Max s'amusait à faire siennes les expressions de papier comme

« Purée de nous autres », « Par Saint-Frusquin » ou « Bonne Mère ». Zembla ! Ça c'était un homme, pensait Max. C'était sans compétition son héros de papier préféré, le véritable homme-lion, avec des muscles énormes, un slip taillé dans une panthère, une chevelure soyeuse et shampouinée. Zembla aurait fait un carton à Trénelle, aucun doute. Qui aurait pu lui faire peur ? Ami Georges ? Avec son corps de lâche ? *Pff.* Nu sous sa peau de bête, il défierait les malfaiteurs à la ville comme à la jungle. Max commençait à tourner les pages puis se mettait à rêvasser qu'il était lui aussi seigneur de Trénelle, que lui aussi pourrait très bien se lever et combattre les fauves géants, les macaques de malheur.

Un jour, il y eut un singe à Trénelle ! Compère Jackie avait repéré l'animal d'une blancheur époustouflante, qui se cachait dans un manguier au-dessus de la rivière. Les autres, petits et grands d'ailleurs, l'avaient d'abord traité de menteur. Soyons sérieux, un singe à Trénelle ! Comme tout droit sorti d'un livre ! Tandis que les plus curieux s'étaient approchés du manguier en prétextant vouloir se moquer de Jackie, le singe avait dégringolé des plus hautes branches et fait un bond inouï pour atteindre l'autre rive. Ses cris étaient si stridents que les mamans se bouchaient les oreilles et que les tout-petits chialaient, affolés par ce boucan inhabituel. Le quartier se lança dans une interminable chasse au singe. Après l'école, Max remontait la pente en courant pour escalader les arbres et tenter d'attraper ce clown fou. Ce n'est qu'au bout d'une semaine, peut-être plus, que Roselmack avait mis la main sur la bête. Il avait réussi à l'attraper en plein vol entre deux branches, non sans quelques morsures et griffures, mais rien de grave. Le visage rond de l'animal était entouré d'une énorme touffe de fourrure qui semblait lui aplatir tous les traits de la face. Trahi par son collier, l'intrus était prénommé Hector, il appartenait à une habitation béké située à des kilomètres.

Dans son enclos à poules d'un jour, le singe avait observé naïvement tout ce beau monde en train de décider de son sort.

— Tuons-le, c'est un singe béké !

— Mais non, il s'est enfui de la plantation, c'est un singe marron !

— Mais il est blanc comme ses maîtres, chassons-le !

— Oui, c'est un espion, il a rien à faire là !

— Mais pourquoi tu veux tuer un singe, il a rien fait lui ! Tu vas mettre un singe dans ton court-bouillon, Josette ?

— Et pourquoi pas, tu as de la viande pour moi autrement ?

— De toute façon, c'est moi-même qui l'ai capturé, alors je vais décider de son sort, avait conclu Roselmack avec son calme caractéristique.

Hector le singe ramassait délicatement le manger-poules que lui lançait Roselmack, puis se redressait sur sa queue, aussi rigide qu'un bout de bois. Roselmack l'avait gardé une journée en captivité pour que tout le monde vienne voir sa prise, puis l'avait relâché, accompagné par une cinquantaine d'enfants et une poignée d'adultes venus assister à la scène. Max et Dina rebaptisèrent Hector Yéyé, c'est comme ça que s'appelait le singe dans *Zembla*. Assez tranquille, le singe était remonté dans les arbres par le premier tronc, en riant s'était baladé un moment dans les branches, la queue se balançant au-dessus du vide, puis s'était enfoncé profond dans les plus hauts feuillages.

Max ne le revit jamais. Les autres non plus, vraisemblablement.

Toi, tu es comme Hector
Tu es seul
Tu connais plein de gens, mais tu es toujours seul
Qu'on te laisse avec tes bandes dessinées
Elles ne déçoivent jamais.

Leçon de choses

L'ARAIGNÉE *MATOUTOU*

La Caribena versicolor, surtout connue sous le nom de Matoutou Falaise, *est une espèce d'araignées mygalomorphes de la famille des grosses araignées dégueulasses. Elle n'est pas loin d'être ton pire cauchemar, loin devant le fer-de-lance, les ravets et Ami Georges. Heureusement, c'est très rare d'en voir à Trénelle. Marraine Cornélie en chasse parfois de chez elle à Saint-Joseph, mais elles vivent plutôt dans les grands arbres du nord de l'île.*

Tu ne veux pas en entendre parler. EURK.

Claude

Depuis que Claude avait quitté le nid familial de Trénelle, il logeait avec deux amis dans un appartement des Terres-Sainville, à quelques rues de l'église, où il ne lui serait d'ailleurs plus jamais venu à l'esprit de remettre un pied. Il se contentait désormais de vivre pour lui-même. Le jour, il gagnait son pain comme menuisier dans l'une des ruelles de l'en-ville, à l'ouest de la Savane, entre le marché et l'hôtel L'Impératrice. La nuit, il jouait de la timbale dans un groupe de musique caribéenne aux accents latinos.

— Je mange ce que je veux, je sors quand je veux. Ah oui, la belle vie !

Max l'écoutait avec envie. C'était sûr et certain : quand il serait grand, il serait comme Claude. Libre comme l'air. À la nuit tombée, Claude et son groupe d'amis montaient dans une grosse auto qui appartenait au père de l'un ou à l'oncle de l'autre, et parcouraient l'île pour percussionner jusqu'au petit matin. Pleine à craquer d'instruments, l'auto les portait du nord au sud de l'île en un rien de temps. Une fois, Claude avait rapporté ses timbales à Trénelle pour que Max et Dina s'y essaient. Max se prenait à rêver d'intégrer la joyeuse bande pour écumer lui aussi les bars-restos aux abords des plages et voir des belles doudous. Max adorait l'entendre conter ses tours de l'île : la plage des Salines, le Club Méditerranée des Boucaniers, le Marin, l'ambiance authentique et riche du Carbet, les nuits endiablées sur les terrasses d'hôtels de la pointe du Bout des Trois-Îlets. À travers les échappées de Claude, Max découvrait cette autre Martinique avec vue sur l'Atlantique.

Il resta bouche bée lorsque Claude lui proposa de l'accompagner un soir.

— Mais non, maman ne va rien dire. Et l'autre, on s'en fiche ! On ne lui demande pas la permission à celui-là, hein vrai ?

— C'est en pleine semaine, maman ne nous laissera pas partir ! On doit se coucher à 22 heures, lança Dina.

— Qui t'a invitée, toi ? charria Claude. Te vexe pas, je plaisante. Vous venez tous les deux, d'accord ? On a besoin de main-d'œuvre.

— On ne peut pas, c'est interdit, répéta Dina.

— Écoute, je croyais que tu voulais venir. Il faut savoir. Alors, viens ! Et arrête d'avoir peur. Regarde un peu, Max !

Sur les conseils de Claude, Max et Dina attendirent que tout le monde aille se coucher, puis quittèrent la boutique vers minuit pour rejoindre Claude et ses amis, là où Trénelle est tranchée par la route qui mène à l'en-ville.

Toute la nuit, Max regarda Claude taper sur les percussions une adaptation sud-américaine du traditionnel *Chouval Bwa*, juste devant l'embarcadère du port de Fort-de-France. La nuit était douce, les lumières des Trois-Îlets vives et oscillantes. On dansait, on tournait inlassablement sur les grands chevaux de bois carrousel, tandis que l'orchestre rythmait les rondes jusqu'au petit jour. Une des plus belles nuits. La magie avait persisté jusqu'aux premières heures du lendemain. Alors que la lune veillait sur eux, Max et Dina aidèrent Claude à trimbaler les instruments de la camionnette jusqu'à l'estrade et de l'estrade à la camionnette, lorsque la musique s'arrêta.

Il fallait voir comment le monde entier adorait Claude. Pour Max, son frère était un remède à la tristesse tant ce dernier amusait la galerie avec des blagues et des calembours improvisés pour chaque situation. Il était de ces gens dont l'aura illumine immédiatement une pièce.

Avec de longs mois de paie accumulés, il finit par se dégoter sa première auto, une Renault 5 d'occasion, achetée à un type qui vivait dans sa rue. Il était tellement fier dans sa belle auto qu'il inventait des sorties, juste pour faire vrombir le moteur de la bête. Certains matins d'école, il se pointait à Trénelle avant sa journée de labeur. Max et Dina finissaient de se préparer en vitesse et sautaient dans l'auto en se disputant ardemment la place du mort.

Comme cette matinée d'automne où Max entendit la voiture vrombir et klaxonner en bas de l'allée, allée qui d'année en année avait réussi à se faufiler à travers bois pour ramener les autos plus près des cases. Il se précipita pour saluer son frère et réussit à prendre Dina de court pour s'installer devant. Claude monta le son de l'autoradio à fond et se mit à chanter à tue-tête et tout en yaourt *ABC*, le dernier titre des Jackson Five. Le sourire aux lèvres, il conduisait fièrement la petite troupe. Dina était cheveux-au-vent, installée juste derrière Max pour voir son grand frère pendant le trajet – « Baisse la radio, Claude, j'entends rien de ce que vous dites ! »

Avant le croisement de la route partant vers Tivoli, un camion militaire, vous savez ces énormes cargos Simca qui vous transportent d'un seul coup une vingtaine d'hommes, fit son apparition dans le virage. L'engin approchait, grossissait, prenait toute la place sur la route en remontant la côte à toute allure. Malgré l'autoradio et l'air qui s'engouffrait dans la voiture, Max percevait distinctement le moteur de l'engin tonner et vrombir alors que les pneus écrasaient le bitume à toute vitesse. À aucun moment, Claude ne paniqua. Sa main droite tapotait en rythme le levier de vitesse.

Max fut impressionné par le calme de Claude. Ce serait même un vrai champion s'il frôlait le camion sans ralentir. Mais rapidement, la panique s'empara du garçon, il jeta plusieurs coups d'œil frénétiques au bas-côté délimité par la rigole étroite en béton. Les deux roues de l'auto étaient au bord du vide : l'écart était impossible, la route trop étroite, le choc inévitable.

Le camion fonçait vers eux à toute berzingue. Ils étaient piégés.

Ce dont tu te rappelles, c'est le noir complet, l'odeur de soufre, des jambes coincées, un corps inanimé, une voiture défoncée
dans ta bouche pleine de sang se balade
un bout de dent cassée
Tout est sombre
Le pimpon des sirènes tout autour
Les secours qui pataugent dans la boue et les carcasses de crabes de terre
Ça sent le soufre et la catastrophe
Tu es allongé dans la terre
Le sang coule sur ta bouche
Et les gouttes rouges qui glissent sur ta peau valdinguent en furie dans la terre
Et glissent sur tes poignets

Ton cœur s'emballe, les restes de la Renault
Claude et Dina !
Ton cœur se décolle, se déchire, s'anéantit
Ta gorge gonfle
On te parle, mais tu n'entends rien
Impossible de respirer ici

Dina est là
Elle est presque debout
On te relève et tu contemples l'éclair venu te frapper
Le bout de forêt visité par le terrible accident
Tu ne vois que le corps inanimé de Claude
Les jambes piégées dans la carrosserie
Reverras-tu un jour son sourire ?

*

L'auto avait été percutée par le camion militaire qui en avait arraché et soulevé toute la partie gauche. Dina serait morte sur le coup si elle avait choisi de s'installer ailleurs. Elle s'en tira avec des côtes cassées. C'était douloureux, mais en rien comparable au calvaire que subit la famille durant les trois jours que Claude passa à l'hôpital de Fort-de-France, entre la vie et la mort. Man Suzanne pria à son chevet, toutes les minutes que Dieu lui donna, jusqu'au dernier moment.

Le choc avait été d'une telle violence qu'aucun jeune homme n'aurait pu survivre. Le médecin avait demandé à Man Suzanne de se lever. Mais elle n'avait plus de jambes, elle était aspirée par l'intérieur du sol, les genoux aimantés au carrelage froid, elle n'en voulait pas de cette annonce. « Votre fils est décédé », lui avait-on glissé en la maintenant fermement pour l'empêcher de chuter à nouveau.

Ton grand frère. Ton idole.
Et soudain, tu te retrouves au premier rang de l'église
à quelques mètres de lui
Ses lèvres chantaient encore hier, mais ne taperont plus jamais timbales
Est-ce que cet allongé est vraiment Claude ?
Si souriant d'ordinaire et ici si froid, si calme, si dur
Comment la vie a-t-elle pu le quitter ? Et pourquoi ?

Alors, on a beau être un enfant de chœur, un aidant d'autel, suivre tout ce qu'il faut suivre, aider son prochain, donner l'aumône, on souffre quand même plus que les autres
Qui décide là-haut ?

La mort dans l'âme, Man Suzanne avait réussi à se hisser au premier rang de l'église au bras d'Ami Georges à sa gauche, de Marraine Cornélie à sa droite. Les larmes brouillaient sa vue, Max distinguait à peine le prêtre qui racontait des choses plaisantes sur Claude, tandis que l'assemblée pleurait en silence. Max ne garda que très peu de souvenirs de la cérémonie. Presque rien, si ce n'est l'extrait interminable du Livre de Job, ou bien l'odeur de cierge chaude qui *te* colla au corps des jours durant. De tous les enfants de chœur qui entouraient le prêtre chaque dimanche, c'est Claude que Dieu avait décidé d'emporter – le plus heureux, le plus rigolo, le plus beau. De le soulever hors de terre comme s'il ne méritait plus sa place.

Garder Claude en mémoire était trop douloureux pour la famille. Alors ils le firent disparaître progressivement de leur mémoire, des conversations. On enfouit délicatement son sourire sous de lourdes dalles tombales. N'ayant qu'un seul pantalon, Max devait chaque matin le passer en s'efforçant de ne pas penser au jour où il l'avait enfilé pour se rendre aux obsèques. Un soir, en rentrant de l'école, il s'arrêta près de la rivière, attrapa un galet et se mit à frotter fort-fort un bout du pantalon jusqu'à réussir à faire une entaille dans le tissu. Voilà. Dès le lendemain, Man Suzanne serait forcée de lui en rapporter un nouveau de chez les Syriens et il pourrait jeter ce funèbre futal.

Il n'y avait pas que le pantalon. Tout le quartier lui rappelait les courses-poursuites interminables avec son grand frère. Entre les troncs, en haut des cimes, entre les grands arbres, dans la boutique, *les courses de sac où il envoyait bouler ton cerceau dans l'eau.* Les batailles de tiges de fer jusqu'à l'heure du dîner, la chasse à la *madimoiselle* libellule. *Les batailles navales lorsque les fils Henri tentaient de vous couler.* Les records de toupie.

Après les obsèques, les rares couches de couleur qui rendaient Trénelle parfois douce s'estompèrent. Le vert des arbres n'était plus aussi éclatant et une couche grisâtre venait parfois ternir l'éclat de leurs feuilles pluriformes. Les rayons du soleil rôtissaient Max comme un cochon de lait de la Noël. Les plaies ne cicatrisaient pas.

Et puis Max ne supportait pas de voir Ami Georges se pavaner maintenant que la route était libre, que le seul caillou dans sa chaussure avait été éclaté en mille fragments sous les roues du blindé. Max crachait discrètement sur ses vêtements de travail. Qu'il garde la souille de *ta* salive venimeuse toute la journée. Qu'il retourne bosser au fort avec ses amis militaires, caporaux, soldats-de-tes-fesses, qui conduisaient tout *boulé* sur des routes aussi étroites que leurs cervelles de colibri. Il faisait bien le malin le Georges, maintenant qu'il n'y avait plus personne pour les lui briser, pour lui dire « merde », pour soutenir son regard.

Les dimanches se succédaient et la douleur ne passait pas. Les « Dieu l'a voulu ainsi » de Marraine Cornélie *te* tapaient sur le système. Max n'osait pas trop la ramener, mais il espérait que l'église se terminerait aussi à ses seize ans. Ça commençait à faire long, et puis, merde, il avait d'autres chats à fouetter le dimanche. Avec Dina, ils avaient compté. Deux heures. Chaque dimanche. Donc deux heures par semaine. Donc huit heures par mois. Il y a douze mois dans l'année. Donc 96 heures par an ! Max et Dina convinrent que c'était trop. Surtout qu'ils savaient désormais que Dieu ne les protégeait qu'à moitié. Qu'un camion militaire sur une route de campagne était plus fort que n'importe quelle prière, que n'importe quel prophète. Oui, Claude avait été enfant de chœur pendant des années et avait fini écrasé dans un ravin.

Dans le quartier, la nouvelle église dominait un petit terrain de foot, au grand désarroi de Missié-Le-Curé-De-Citron qui n'hésitait pas à délaisser temporairement son autel pour sortir flanquer des coups de pied aux footballeurs en les sommant de baisser d'un ton avec leurs gros mots sur les mamans de chacun. Puis il remontait assurer la fin du service, sous les yeux choqués ou amusés de toutes et tous.

Max observait tout ce cirque. En attendant que cela cesse, il mit moins d'une semaine à vider ce qui restait de la bouteille d'eau de Cologne de Claude. Il s'en aspergeait chaque jour, quatre *pschitts* dans le cou, deux *pschitts* sur chaque poignet, deux-trois *pschitts* droit devant pour former un nuage cocotant qu'il traversait chaque jour avec un peu plus d'assurance.

Jour de carnaval

Le 2 février 1971 fut un grand-grand jour pour Max.

Pas seulement parce que Ami Georges leur avait offert trois jours de répit en acceptant une mission à l'autre bout de l'île. Non, ce fut un grand jour, car Man Suzanne avait décidé d'emmener ses enfants assister à leur premier carnaval !

Max ne tenait pas en place. Tous ses amis y allaient ! Des années durant, ses sœurs et lui avaient dû se satisfaire de bribes de joies semées à droite à gauche par leurs amis, de bouts de costume qu'on leur rapportait ou encore de friandises colorées échangées contre des billes. Fini ça ! Après le bouillon matinal, accompagnée de ses trois enfants, Man Suzanne se mit en route pour l'en-ville par la grand-route bétonnée sur laquelle avançaient également des centaines de personnes, à pied ou en voiture, impatientes de rejoindre la fête, le sourire jusqu'aux oreilles. Cette joyeuse colonie multicolore fendait la forêt verte en accompagnant chaque pas de chants et de danses rythmées au son des tambours. Max goûtait déjà les prémices des festivités et observait les costumes extravagants sur ces corps joyeux. Tout le monde semblait libéré de ses soucis : rien ne comptait plus que le jour présent. Pour leur faire plaisir, Man Suzanne leur avait acheté de petits chapeaux cubains en plastique, que Max disposa de travers pour faire son intéressant, à la Burt Lancaster. Descendre à l'en-ville, ça n'arrivait que très rarement, alors voir la ville en plein carnaval lui procurait un sentiment de bonheur intense. Ils marchaient tous les quatre au son des tambours à travers le tapage rieur du défilé. À Fort-de-France, ils remontèrent la rue du Pavé, tournèrent sur Louis puis rejoignirent laborieusement la place de la Savane en empruntant la rue du Gouverneur-Général-Félix-Éboué. C'est à cet endroit qu'ils se retrouvèrent pris au beau milieu d'un *vidé* – la foule se scinda en deux dans une rue étroite, puis le second wagon rejoignit en furie le premier en criant-tapant sur les voitures et les chars d'un jour. Max sentait la main de Marcelle se raidir et serrer encore plus fort. À travers ses doigts, son cœur battait son trop-plein d'émotions. Certaines personnes étaient enduites d'argile, d'autres de mélasse et de charbon pour rappeler les esclaves coupeurs de canne.

Fort-de-France était noire de monde, parée de mille couleurs – des plumes jaunes, des chapeaux rouges, des robes vertes. Les hommes se déguisaient en femmes, les femmes en hommes. Les groupes à pied tapaient sur les tambours et les chants satiriques rythmaient les pas des Martiniquais venus de toute l'île. L'odeur de la viande boucanée et des poissons grillés se mêlait aux centaines de fragrances que des parfumeuses d'un jour expulsaient dans l'air chaud. *ABI ! ABI ! ABI ! KAY MANMAN MI DJAB-LA DÉWO !*

Ce qui impressionna le plus Max fut lorsqu'ils croisèrent la route des diables rouges, au corps criblé de miroirs minuscules *qui renvoyaient ton reflet*, la tête hérissée de cornes de bovidés, une queue de diable immense qu'ils tenaient dans une main pour fouetter les *ti* et *gran moun* – les petits et les grands qui s'approchaient trop près. Max en aperçut un qui portait une énorme mâchoire de requin autour du cou. Tout leur était permis, ils coupaient le cortège, jetaient des bonbons et des piécettes dans la foule. Ils agitaient des sonnettes, tapaient sur des casseroles, cassaient du verre. Sur les ordres du chef des diables, beaucoup plus petit que les autres, le groupe s'immobilisa devant le commissariat, au beau milieu de la rue Victor-Sévère. Les diables dansaient, tournoyaient dans une transe écarlate et éblouissante. Le temps d'une seconde, Max crut entrevoir Ami Georges qui le fixait au milieu des diables rouges. Sûrement un mirage. De fausses cérémonies de mariage avaient lieu dans les rues mettant en scène des femmes grosses, des curés lisaient leur Bible à l'envers en louchant, des couples moches marchaient estropiés. En passant devant la Rotonde, ils aperçurent un attroupement plus important au milieu de la place de la Savane. Inquiet, Max attrapa le bras de Man Suzanne et montra une énorme statue de bois et papier mâché qui dépassait de la foule.

— Man, c'est quoi là-bas ?

Avant que Man Suzanne ait le temps d'esquisser une réponse, un homme élancé habillé en pirate arriva en dansant et en tapant sur une cloche. Max n'avait encore jamais vu d'homme maquillé. La voix grave, la barbe et les bras d'une part. Les yeux, les cheveux longs, lisses et les bagues roses aux doigts d'autre part. Il avait des ongles très longs et un gilet court qui laissait entrevoir le piercing qu'il avait au nombril. L'homme avait tout entendu et, les jambes écartées, il se campa fièrement devant la famille. S'approchant doucement, il parla d'un ton enjoué et grandiloquent, ses grands yeux clairs et ronds plongés dans ceux de Max :

— Cher *Poupouuuuch'*, d'où sors-tu ? Tu as l'air d'un *ti* colibri tombé du nid. Change-moi cette tête qui ne correspond pas au jour du jour. Écarquille tes yeux et ouvre les oreilles ! Je te présente Sa Majesté Le Roi Vaval, Son Altesse Le Gros Béké des Mornes. Trois mètres de bois de gommier ! Regardez-moi ces épaules larges, ce crâne imposant, ces pieds énormes ! Il nous vient tout droit de la métropole blanche, de l'Assemblée nationale, des rues pavées de riches héritiers, de Paris, Paris la pas belle, Paris la cracra, Paris l'hautaine ! Mais quelle stature ! Tenez-vous prêts car, dans un instant, il commencera sa promenade en ville sur son chariot royal. Nous allons chanter, nous allons danser, nous allons crier ! Autour de lui, des dizaines de reines, élues aux quatre coins de l'île – Sainte-Anne, Vauclin, Basse-Pointe, Grand-Rivière. Partout !

Il se pencha vers Dina :

— Toi, tu pourras être reine plus tard, ma chérie. Tu es belle comme un coucher de soleil. Sa Majesté adore les belles filles comme toi.

Et, se tournant vers Man Suzanne, amusée :

— Ah, oui ! Je vois de qui elle tient ! *Ouh là là*, ces beaux yeux verts feront des problèmes dans quelques années !

Dina rougit et l'homme revint vers Max.

— Et toi. Oh toi, tu seras un diablotin si tu continues. Ce n'est pas si mal ! Défronce les sourcils, démaquille-moi ces pupilles de ce lugubre pourpre. Tu as une magie certaine, mon enfant, je le vois dans tes yeux. Tu pourrais presque me glacer le sang… Allez, aujourd'hui, on fait la fête ! Profitez-en, lâchez prise, oubliez vos tracas de fermiers des champs de là-bas-si-j'y-suis !

Son regard se noircit d'un coup, son visage devint grave, il posa ses longues mains recouvertes de gants pailletés sur les épaules de Max et Dina et leur murmura aux oreilles :

— Attention, les enfants, les festivités ne durent qu'un temps… Sa Majesté Vaval, ici présente derrière moi, sera brûlée vive ce mercredi sur le *malecon*, comme dit Sa Majesté de Béké. Le mercredi des Cendres, mon moment préféré. Dans exactement… 46 heures ! *VRAM* ! Le feu ! Les flammes ! Les torches ! Les femmes pleurent ! Les hommes hurlent ! C'est ce que j'appelle… le chaos.

Et, dans un éclat de rire glaçant, il disparut dans la foule. Max et Dina se tournèrent vers Man Suzanne, souriante.

— Allez, on avance, dit-elle.

Ils déambulèrent tout l'après-midi dans les rues de la capitale. Ils eurent le droit d'acheter des *sinobols*[1], menthe pour Dina, passion pour Max et Marcelle qui *voulait comme toi*. Quel petit bonheur que le bruit du rabot qui raclait le bloc de glace et qui, quelques secondes plus tard, venait fondre sous la langue !

Max avait envie de lâcher la main de Man Suzanne pour disparaître dans la foule, s'enfoncer dans la ville, s'enfoncer dans la vie des autres, devenir un autre, devenir Claude avant qu'il *te* quitte, ne plus jamais remonter dans ce quartier de malheur.

1. Dérivé créole de l'anglais *snow ball* (boule de neige) : boules de glaces servies dans un verre et recouvertes de sirop.

Fermer boutique

À la boutique, Max voyait bien que les bocaux de friandises ne se vidaient plus comme avant. À l'intérieur, les murs perdaient ce qu'ils avaient de vanille, de cacao et de muscade. Vidée de ses friandises et de ses bocaux-surprises, le comptoir retrouvait sa fonction première de planche de bois servant à poser ses coudes et écouter le tout-venant.

Max tendait les oreilles et entendait Man Suzanne dire que c'était fini, que comme la rumeur l'avait laissé courir, le Mammouth avait vaincu. Ce gros Mammouth n'écrasait pas seulement les prix, disait la réclame, mais fauchait sur son passage tous les petits commerçants du quartier.

— Tout le monde ferme ! Les débits de régie ferment partout, aux quatre coins du pays. Il n'en reste plus que dix ici à Trénelle. Marraine dit qu'à Saint-Joseph, c'est la même chanson. On ne va plus faire les commissions tous les jours un *ti* peu, au gré du vent, on met son argent sur la table et on remplit le sac de tout un tas de trucs.

À l'école, plusieurs compères vivaient la même chose.

— Mes parents ont gardé un *ti* comptoir avec le minimum.

— Nous, on fait plus que du *mangé kabrit* et *mangé poul.*

On demandait aux anciens de garder la boutique pendant que les femmes et les hommes encore dynamiques rejoignaient la longue file d'attente infernale pour trouver un pain quotidien. Plus de coin buvette, plus de rayonnages gourmands. Les affaires ne tournaient plus. Les dettes ne se payaient pas et Man Suzanne ne barrait plus les noms et les chiffres sur son carnet. Elle dut se rendre à l'évidence : plus personne ne rentrerait « *to to to* » pour y faire les commissions, juste l'appoint, pour se dépanner, même Man Geguette qui se pointait pour dire à quel point l'hypermarché était une révolution, qu'on y entrait comme dans un moulin pour attraper directement sur les rayons, que c'était plus pratique, mais qu'elle avait, comme une bécasse, oublié d'acheter les œufs et que Man Suzanne serait bien gentille de la dépanner d'une boîte. Tel un vieux transistor cassé, le coude mollement posé sur son comptoir, Man Suzanne répétait en boucle :

— Ils n'ont pas pensé à nous. Ils n'ont pas pensé à nous. D'abord, Prisunic. Après, Mammouth. Et puis, Monoprix. Ah non, ils n'ont pas pensé hein, disait Man Suzanne, il n'y a plus personne qui vient me voir ici. Je suis un dépannage seulement. Voilà ce que je suis devenue. Un dépannage. Ah non, c'est fini. Soit les gens ils ont la voiture, soit y a le bus maintenant qui te ramène directement *douvan gwo magazen-a*. C'est sur la route, tu prends l'auto, tu arrêtes, tu descends, tu prends ce que tu veux dans le coffre, tu remontes et c'est tout, c'est fini. Plus personne ne vient ici. Ah non, ils n'ont pas pensé à nous.

À Trénelle, les devantures étaient bien tristes sans leurs étalages. On sortait tout de même tables et chaises de bois ou de plastique pour y vendre quelques vertes *quénettes* fraîchement plumées des grands arbres qui bordaient la route. On vendait, on suçotait, on vendait, on suçotait, et venait le moment où la table était vide et qu'un compère se levait en se félicitant : « Bon ! On a tout vendu, c'est une bonne journée ! » Le bruit des dominos continuait tout de même de claquer fort sur les coins de table, faisant rebondir les noyaux-amandes éjectés dans les paumes de mains.

Pendant des jours, les enfants assistèrent aux disputes de Man Suzanne avec Ami Georges qui ne voulait fermer boutique pour rien au monde.

— Tu baisses les bras trop vite ! Je me tue à la tâche. Tu crois que j'en ai pas marre de marcher jusqu'au fort là-bas, puis de revenir et de continuer à éduquer tes couillons ? Je dis que nous restons ouverts, nous résistons et que nous pouvons *vend'* des sandwichs *épi chiquetaille mori* ou poulet.

Mais qu'il ne s'y trompe pas, les journées puaient le désespoir et la misère. En rentrant du travail sous les coups de 17 heures, Ami Georges retrouvait ses compères qui doraient sous la chaleur du soleil tombant, c'était le plus beau moment de la journée. Il ne voyait pas Man Suzanne dépérir sans rien vendre aux heures creuses de la journée.

— Georges, les comptes sont mauvais ! Prends mon carnet, prends-le pour une autre fois ! Et tu verras. Attrape ! Tout le monde fait des crédits, mais personne ne les rembourse.

Mais lui ne pouvait se résoudre à replier la terrasse qui terminait chacune de ses journées. Où iraient-ils boire des coups avec les compères ? À l'en-ville ? Pas le temps. Pas les moyens. Les enfants pourraient aider. Tout le monde mettrait la main à la pâte. Ils réussiraient à sauver le commerce.

— C'est hors de question, disait Man Suzanne. C'est pas toi qui vas rester là toute la journée pour faire 20 francs du jour. Tu vas me laisser là et aller voir tes poules à droite à gauche. Je sais d'avance, je te connais. Je ne suis pas aveugle. Ça ne te dérange pas qu'on garde ici parce que ce n'est pas toi qui t'en occupes. Il faut que je trouve un travail qui rapporte. Les enfants deviennent grands, il faut plus d'argent. Si tu nous donnais plus, toi ? Ou tu préfères toujours nourrir tes autres poules et toute leur marmaille ?

— Je donne suffisamment, madame ! Dis à tes enfants de moins manger et tu auras plus d'argent, tu verras. Les fils Henri, là à côté, ils sont plus nombreux et ça va bien pour eux. Comment crois-tu qu'ils font ? Ils mangent moins par personne. Et l'argent de l'accident de ton fils, alors ? On peut en voir la couleur ?

Car pour se faire pardonner d'avoir fauché Claude en pleine jeunesse, l'État ou l'armée avait déboursé quelque 7 millions de francs à Man Suzanne. Le père de Claude ayant disparu longtemps auparavant, tous les millions lui revinrent. Mais Man Suzanne n'aborda jamais le sujet, elle enfouit l'argent bien profond pour éviter les convoitises, notamment celles de son mari. Mais à Trénelle, tu peux enfouir ce que tu veux sous des couches de terre, ça finit toujours pas ressurgir en geyser au-dessus de ta tête pour t'éclabousser de grosses taches noires salissantes. En effet, la chose n'était pas passée inaperçue à Trénelle. Max entendait ce qu'on disait dans les chemins, sur la place de l'église ou sur les quelques terrasses qui tenaient bon :

— Apparemment, Man Suzanne a gardé tout l'argent pour elle ! Elle ne veut rien donner à *Missié* Georges qui pourtant partage sa couche.

— Oui, elle a rien donné à son mari alors que *Missié* travaille dur pour donner à manger à des enfants qui sont pas les siens. Il a dit ça à mon mari.

— Personne n'en a jamais vu la couleur…

— Pardonnez-moi, mais l'État là vous donne 7 millions, 7 millions ! Non, mais vous pensez que je vais rester là à Trénelle avec toute ma marmaille dans une *ti* case qui tient même pas *doubout'* ? *Aïe, bondié* ! Donnez-moi 7 millions, vous ne me reverrez plus !

— 7 millions, ça vous change une femme… Elle ne dit même plus bonjour quand on se croise, hein !

— Elle veut fermer la boutique pour ouvrir quelque chose de plus grand, un hôtel au Sud.

Un ramassis de faussetés, Max en était convaincu. D'ailleurs, il n'y a que la vérité qui blesse et Man Suzanne restait calme et ne se surmenait pas à répondre à ces ragots. Elle connaissait Trénelle lorsque celle-ci devient médisante, jalouse, impulsive, impossible à vivre, à vomir. Il fallait courber le dos et laisser passer. Trénelle est championne pour se mêler de ce qui ne la regarde pas, toutes cases ouvertes, histoires défaites et jetées en pâture pour le ragotage de toutes et tous. Le jugement comme sport national, bien devant le ballon. Sans regarder autour d'elle, Man Suzanne dut épuiser les stocks. À la fin, seuls les moins fortunés venaient, car les grandes surfaces étaient trop chères, mais Man Suzanne donnait même à qui venait, à quoi bon, elle n'était plus à quelques centimes près. Les quatre *timoun* Henri entraient dans la boutique à la file indienne pour demander des choses à l'heure du goûter :

— Bonjouuur Man Suzaaaaanne, disaient-ils en chœur. Man demande si vous pouviez nous avancer un peu de riz pour ce soir et Man dit qu'elle vous donnera l'argent quand elle le pourra.

Tenu au premier rang par les longues mains de son grand frère, le petit de la fratrie tentait timidement de se retourner pour apercevoir sa maman qui observait de loin, morte de honte et à demi planquée derrière un rideau. Man Suzanne savait qu'aucun franc ne viendrait jamais honorer cette vente de riz, mais qu'un jour, Man Henri viendrait offrir un coup de main pour telle ou telle chose à faire.

À la fin des années 1970, Man Suzanne ferma le débit de régie la mort dans l'âme. La disparition de son fils lui avait ôté l'énergie nécessaire pour se battre seule. Max et Dina allaient encore à l'école et, pour rien au monde, elle ne les aurait détournés de cette voie. Elle verrait bien à leurs seize ans.

Man Suzanne et Ami Georges durent donc vendre la maison-boutique et trouvèrent une minuscule case au bord de la rivière Madame, là où elle gronde, déborde et ensevelit la Ligue. Une seule pièce, sans eau, toujours sans électricité. « Césaire a amené l'eau et l'électricité partout, sauf ici », plaisantait Ami Georges avec ses compères. Un cube de fibrociment posé dans la terre et recouvert d'un chapeau de tuiles et de tôle. Ami Georges avait pendu un rideau à une branche de quénettier accrochée au plafond pour créer deux semblants de pièces et séparer les *timoun* des *gran*. Max rangeait ses affaires et son couchage sous l'unique table. Lorsqu'il pleuvait trop fort, les gouttes passaient entre les plaques de tôle du toit et s'engouffraient pour emmerder leur monde, tremper le sol, le rendre boueux. Tout baignait dans la gadoue et on accrochait ce qu'on pouvait en hauteur à l'aide de cordes et de cintres. Lorsque ça soufflait trop fort, Max sentait la maison s'arracher du sol et se tenir prête à valser dans les airs. Les gens près de la mer peuvent sentir l'arrivée des ouragans en observant les crabes de terre qui deviennent dingues et courent partout dans les débris de coco et de palme. Mais ici-haut à Trénelle, l'ouragan frappait par surprise, d'une grosse calotte soudaine. Rien n'était stable au bord de la rivière et Man Suzanne priait pour que cette case ne s'envole pas, tant il fallait moins qu'un ouragan pour la lever.

Jeudis sans père

Tout comme Max, Man Suzanne adorait le jeudi plus que le dimanche. Le jeudi, la marmaille n'allait pas en classe. Elle restait auprès d'elle, l'aidait dans les tâches. Au petit matin, les morceaux de légumes dansaient dans le bouillon et la vapeur de la casserole s'échappait vers le plafond de tôle au rythme d'Adamo, Bécaud et Johnny. Man Suzanne avait trouvé un tourne-disque à piles qu'elle avait récupéré grâce à un cousin de l'en-ville. Elle l'avait installé dans la case, sur un tabouret en bois juste au-dessous des certificats d'études primaires de Max et Dina qu'elle avait fièrement affichés et qu'elle s'empressait de montrer aux amies et aux cousines qui la visitaient.

— Voici le certificat d'études primaires de Dina et voici le certificat d'études primaires de Max. Vous voyez ? C'est officiel, hein. Département de la Martinique. Académie de Bordeaux. Signé par le vice-recteur, en personne. Monsieur Landy de Bordeaux. Officiel.

Le décollage de la journée était joyeux. Les premières laveuses du jeudi se rapprochaient de la case pour profiter de la musique.

Dina n'avait d'yeux que pour France Gall. Si elle avait pu, elle aurait écouté le disque en boucle toute la journée. Elle tenait le 33 tours entre ses mains, le visage à quelques centimètres de l'objet qui cristallisait son rêve. Mais pour Man Suzanne, c'était priorité Johnny.

— Tu te rends compte, une chanteuse… qui s'appelle… France…, disait Dina amoureusement.

Dina passait de longues minutes à écrire les paroles de France Gall sur les dernières pages de son carnet d'école. Il y avait « Mes premières vraies vacances » où Dina se reconnaissait dans ce personnage de jeune fille au grand besoin de liberté ; elle s'imaginait seule sur les plages de France, à la recherche du grand amour. « Soyons sages », qu'elle ferait écouter à son premier amour lorsqu'elle le trouverait. Ils s'en iraient main dans la main. Et puis il y avait « N'écoute pas les idoles », qu'elle aimait par-dessus toutes, tout comme « Ne sois pas si bête », « La Cloche » ou « Les Rubans et la Fleur ». Max avait sa préférée : « Sacré Charlemagne », qui avait décidé de ne vous laisser que les samedis et les dimanches, qui vous causait beaucoup d'ennuis, et qui aurait dû se concentrer sur ses batailles et la chasse au lieu d'ennuyer son monde avec la géographie et la géométrie. Parfois, il s'amusait à mettre le disque après le départ d'Ami Georges et regardait Man Suzanne, un stylo en guise de micro : *Car sans lui dans notre vie, il n'y aurait que des jeudis ! OH ! OH ! Sacré Charlemagne ! OH ! OH ! Sacré Charlemagne.* Man Suzanne pinçait les lèvres pour ne pas rire, par pudeur. Elle lui arrachait son stylo et lui mettait une bassine d'eau chaude entre les mains : « Allez, au travail ! »

Dans la fraîcheur du petit jour, Max escortait Man Suzanne, Marcelle et Dina qui descendaient adroitement la pente avec de gros tas de linge sale en équilibre sur le sommet du crâne. Max se payait la tête de Marcelle qui faisait de son mieux, mais qui manquait à chaque pas de se fouler une cheville dans le raidillon. Il la regardait se vautrer avec gourmandise. Elles faisaient moins les majorines *tes sœurs* avec tout *ton* linge sale sur la tête. En chef de file de ce bataillon ménager : Man Suzanne, à qui Dina ressemblait de plus en plus. Elle avait une photo d'elle de l'époque Saint-Joseph et tout le monde croyait à une photo de classe de Dina. Celle-ci savait que si elle apprenait à nettoyer, à récurer, à servir, à porter le linge, à ranger, elle aurait sa chance au Club Méditerranée.

Avec les autres femmes de Trénelle, elles papotaient, échangeaient les derniers ragots. Toute la journée, on frottait, on laissait sécher, on se baignait au soleil en attendant que les vêtements soient secs, on se racontait les dernières mésaventures. Si un homme venait à traîner trop longtemps dans le coin, on lui faisait vite comprendre qu'il n'était pas le bienvenu, qu'il pouvait aller empoisonner un autre air. Les enfants accomplissaient les tâches dans la bonne humeur, ou presque.

— Max, viens aider tes sœurs à laver le linge.

— Je ne suis pas une fille.

— Tu n'es pas une fille, mais tu n'es pas encore un homme : amène tes fesses et mets tes mains dans l'eau, répliquait Man Suzanne sous le regard amusé des autres femmes.

La famille s'installa sur sa roche habituelle, loin de la Ligue. Man Suzanne demanda à Max de constituer un bassin naturel avec des grosses pierres pour bloquer le courant de la Madame et y laisser tremper les vêtements. Lorsque Man Suzanne et les filles eurent lavé fort le linge au savon de Marseille, elles l'accrochèrent à des fils tendus entre les arbres, comme une grosse toile de *matoutou*.

— Maman, Marseille c'est loin de Paris ? demanda Dina.

— Je sais pas, je suis jamais allée en France, tu sais bien. Et d'ailleurs, c'est pas toi qui vas à l'école ? C'est à toi que je pose la question. C'est où Marseille ? Tu vas aller demander au maître la prochaine fois et tu viens me dire après. Marcelle, c'est pas comme ça ! Qu'est-ce qu'a dit maman ? Tu frottes… au savon de Marseille… ou tu écrases les petits fruits… sur le caillou… tu mets à blanchir… reposer au soleil… tu prends le bleu de méthylène… tu laisses tremper… une fois bien sec…

La conversation avec les voisines tournait autour de la construction de la station d'épuration plus haut à la source de la Madame. La rivière devenait de plus en plus insalubre et rejetait depuis des mois les déchets de ceux qui habitaient plus haut.

Man Suzanne : Ils sont au courant à la mairie qu'on fait tout avec la rivière ? Ça n'a pas l'air de les déranger cette eau sale…
Man Louison : Mais eux ils vont dire que tu peux aller trouver l'eau à la fontaine, tu n'as plus besoin de venir ici.
Man Geguette : *Pff*, la fontaine ? Elle est tout là-haut près du croisement. C'est trop loin. Le temps que j'arrive là-bas, y aura plus d'eau dedans.
Man Louison : Tu sais que Man Cardinal a trouvé un filtre pour… filtrer l'eau justement.
Man Suzanne : Ah oui ?
Man Geguette : Exactement, oui. Comment ça marche ça, le filtre ?
Man Louison : Ah ça, je ne sais pas, mesdames. Mais en tout cas, ça purifie et ça vous change l'eau caca en eau propre comme avant. Elle a acheté ça à l'en-ville.
Man Suzanne : Chez les Chinois ?
Man Louison : Non, les Syriens je crois, hein.

Heureusement, les trois convinrent que la dernière crue avait bien nettoyé l'eau. Max écoutait cette histoire d'eau polluée en se frottant du feuillage *zo manicou* sous les aisselles. Il prenait soin de bien se laver le corps, car si Man Suzanne estimait qu'il n'avait pas assez mis de cœur à l'ouvrage, elle lui scalperait le corps si fort qu'il pourrait aller manger dans la gamelle du chien *fè*.

Alors qu'il se séchait au bord de la rivière, Max observait la surface de l'eau. Les poissons jouaient à cache-cache dans les roches. Soudain, l'eau bleu-vert de la Madame se colora petit à petit d'un curieux pourpre. Max se pencha pour y voir plus clair. Un filet de sang naviguait à la surface de l'eau.

C'était Man Suzanne qui crachait discrètement dans le courant le mal nouveau qui la rongeait.

Fils de major

Ce n'était pas tous les jours jeudi. Le reste de la semaine, Max retardait le moment d'aller en classe. Dehors, Dina et Marcelle trépignaient d'impatience, parées, les souliers déjà orientés dans la direction de l'école. Et lui prenait un temps fou pour faire ses lacets. Il voulait rester avec Man Suzanne, l'aider à chercher un travail, la protéger, être là en cas de n'importe quoi, descendre à l'en-ville avec elle et ne plus perdre son temps sur les bancs de l'école. Il travaillerait lui aussi, si besoin était.

À l'école, lorsque le deuil de Claude commença à passer, s'il passa un jour, Max avait décidé de ne plus se laisser impressionner.

À l'instar de leurs paternels qui faisaient la loi dans la rue, les fils de majors étaient de vraies plaies, à faire leur loi partout dans l'école. Il y en avait certains que *tu* redoutais encore plus que Javelot, une poignée de cailloux dans une chaussure. Sous prétexte que leur père avait coupé la gorge d'Untel, que leur oncle avait battu trois bougres en même temps, ou bien encore en se revendiquant d'un parent qui dominait Fort-de-France à coups de larcins et de petits délits, ils intimidaient la galerie. Tout le monde les redoutait et leur marmaille prenait le dessus entre les classes, le genre de types qui, sans aucune raison, te frappe de toutes ses forces dans les graines pour bien commencer la journée. Personne ne leur tenait tête à eux, par peur des représailles. L'un d'entre eux, compère Janot, se vantait d'être allé à la fête patronale et d'avoir aidé son père à tuer un type à coup de lame de rasoir parce qu'il les avait regardés de travers. Max ne voulait pas d'ennuis, il en avait suffisamment à la maison, alors il restait en dehors de ces histoires. Tout le monde se bagarrait pour rien. Max regardait les attroupements se former de loin, collé au mur caché par les deux grands arbres qui jouxtaient les toilettes extérieures.

Les deux motifs principaux de dispute : les billes et les filles. Les gosses les plus aisés avaient de belles billes de couleur et le jeu de ceux qui en n'avaient pas était de les leur subtiliser. *Idem* pour les filles.

Paradoxalement, plus on mettait des pêches, moins on avait de chances d'en recevoir. Il fallait montrer de quel bois on se chauffait. Il était arrivé plusieurs fois que Max se batte dans la cour pour défendre son *joujou-vonvon*, qu'il revienne à la maison avec les vêtements déchirés. Combien de fois il rentra à la case de Trénelle avec des vêtements sales et en lambeaux ! Il disait : « Je jure que ce n'est pas moi qui ai commencé. Robè m'a attaqué, alors je me suis défendu. Il voulait me prendre mon sac d'agates ! » Un jour, Georges s'empara du sac d'agates et l'éclata avec sa masse : « Plus d'agate, plus de bagarre ! » Puis il posa sa masse par terre et sa main sur Max.

Un jour (le jour de trop), Hilarion, un camarade et fils de major, attendit Max dans la cour pour lui voler son sachet de billes multicolores accumulées grâce à quelques victoires à la régulière – pas comme ceux qui arrachaient le bout de leur chaussure et faisaient disparaître les billes en marchant dessus. Non, Max gagnait ses billes à la loyale. Hilarion avait commencé par se moquer de sa cicatrice au visage, puis avait menacé de lui prendre ses affaires. C'en était trop. Max prit son courage à deux mains : cette fois, il ne se laisserait pas faire. Les enfants formèrent un cercle autour d'eux :

— *Ladjè*[1] *! Ladjè ! Ladjè !*

— Alors, Max, tu n'as pas peur ? Tu veux te battre contre moi ? Tout le monde raconte que tu reçois les coups mieux que personne. Allez, montre-moi ce que tu as dans le ventre !

Qui est plus dangereux qu'un fils de voyou qui a peur de perdre sa réputation ? Le fils de personne qui n'a rien à perdre.

Hilarion prit une sacrée soufflette ce jour-là. Max plaqua son adversaire au sol avec les encouragements de Dina qui envoyait des coups dans le vide comme pour transmettre toute son énergie à son frère, déclenchant une vague de cris approbateurs. Hilarion était K.-O.

Le lendemain, à la distribution du verre de lait, il vint saluer Max et lui proposa d'être son ami. À partir de ce jour, Max et Hilarion allèrent en classe ensemble, et aussi à la messe aux Terres-Sainville. Les deux ne se lâchaient plus. C'était comme ça. Il fallait une bonne bagarre pour sceller une amitié.

Max fréquentait désormais les fils de majors et personne ne viendrait plus lui chercher des noises.

---

1. La guerre.

La Française

Même tes propres compères lorgnent sur ta sœur
du matin jusqu'au soir.

Trénelle appelait Dina « La Française ». Elle se faisait de plus en plus emmerder par les bougres du quartier. Plusieurs fois, elle fut prise à partie par des types qui la suivirent tout le long de la rivière. Elle ne les voyait pas, elle ne s'intéressait pas aux gars du quartier, elle gardait Paris en tête, ville merveilleuse, selon les professeurs. Elle brisait leur espoir en rappelant que son destin n'était pas de rouiller ici comme la vieille mousse qui ne se renouvelle plus sur le rivage, mais de quitter l'île avant ses vingt ans. Doucement, elle les mettait à distance.

— Tu veux pas de nous ? Tu préfères un Blanc ?

— Je ne préfère personne.

— Dommage, moi je te préfère toi. Et tu vas partir à Paris quand tu auras quel âge ?

— Bientôt, répondait Dina.

— Tu es sûre que ça va te plaire ?

— Oui.

— Et pourquoi ?

— Parce que Monsieur Foucault, il m'a dit que les gens sont beaucoup plus intelligents là-bas, et puis ils sont aussi beaucoup plus ouverts d'esprit.

— Ah, mais moi, j'aimerais bien que tu restes ici, répondait l'autre, mi-penaud, mi-dragueur.

— Non, ma vie n'est pas à Fort-de-France, mais en France. Ce n'est pas pour moi ici. Le professeur dit que j'ai les qualités pour faire des études là-bas.

— De toute façon, tu n'as pas d'argent pour partir. Tes parents sont pauvres comme les miens.

— Je vais me débrouiller. Après l'école, je vais trouver un travail à la pointe du Bout ou au Méridien. Et quand j'ai suffisamment d'économies, je pars.

À mesure qu'elle les recalait, ils la traitaient de tous les noms – « traînée », « salope », et on en passe –, car elle avait été vue en train de monter dans la voiture de voisin François, le chauffeur de Césaire.

— Eh, Martin. *Ou sav* que Madame connaît le chauffeur de Sézè ! Voyez-vous ça ?

— Oui, quand on habitait en haut, côté Citron, c'était notre voisin. Et maintenant, il est très gentil avec moi.

— Madame fricote avec la haute société, disait l'un.

— Dans sa belle DS ! ajoutait l'autre.

— Et si un jour tu en as marre de coucher avec un vieillard, tu peux venir te consoler avec moi. Moi, c'est bois solide !

— Je ne couche avec personne. Ni Monsieur François ni personne !

— En tout cas, viens nous voir si tu changes d'avis, ironisaient les bougres qui s'éloignaient bras-dessus bras-dessous, sautillant et chantant *La Marseillaise*.

Max pensait qu'elle l'avait bien cherché, elle faisait tout le temps la grande à monter avec un adulte dans la Citroën DS qui pétaradait dans tout le quartier et dont le chauffeur prenait soin de ne pas rayer la carrosserie contre les ronces et les *raziés* qui taquinaient les chemins de part et d'autre. Et puis, Dina savait bien qu'elle n'avait pas le droit de quitter le quartier. Ils descendaient rarement à Fort-de-France, pour voir le dentiste éventuellement, mais surtout pour aider Man Suzanne à remonter les courses du marché. Et puis quelle idée de fréquenter un homme de trente ans son aîné !

Au-delà de sa beauté, son air supérieur rajoutait du piment à ceux qui la convoitaient. On lui courait après dans les chemins pour soulever sa jupe ou l'embrasser de force sur les joues. Elle était régulièrement prise à partie et ne se plaignait jamais, ne disait rien à Max. Elle s'arrêtait, se tournait vers eux et haussait le ton :

— Y a aucun de vous qui me plaît. Ne me parlez plus ! Vous êtes des pauvres types qui n'ont même pas le courage de descendre à l'en-ville pour trouver du travail. Vous êtes si idiots que votre cervelle ne vous permet pas d'envisager une vie meilleure. Vous allez rester comme vos papas-mamans des champs à couper des choses, taper sur des choses, coudre des choses. Moi, je ne vais pas rester ici ! *Ou sav sa* ? Dès que je vais avoir seize ans, vous ne me verrez plus. Moi je vais en France, à Paris. Pour travailler dans l'hôtellerie. Moi, je vais me trouver un mari séduisant qui saura lire et écrire, contrairement à vous ! Allez, ouste !

Les garçons la dévisageaient sans jamais l'interrompre, car ils la trouvaient exquise lorsque la colère venait tapoter sur ses joues un rouge rosé qui lui montait jusqu'au-dessus du nez.

Peut-être que les rumeurs disaient vrai et que Dina papillonnait avec Monsieur François. En tout cas, Max ne voulait pas en avoir le cœur net, *heurk*. Il ne l'aurait dénoncée pour rien au monde. Il savait ce qui attendait sa sœur si Ami Georges apprenait la chose. Max devait protéger sa sœur, peu importe ce qu'il pensait de sa manière d'agir et de faire. Avec Hilarion et deux autres compères, il décida de tendre une embuscade boisée aux romantiques qui emmerdaient *ta sœur*. Ils avaient tout ce dont ils avaient besoin : lames de rasoir, galets, bouts de bois, et compère Saturnin avait même un petit couteau au cas où les choses viendraient à dégénérer.

Max pensait qu'une fois que Dina atteindrait l'âge de travailler, tous les hôtels se l'arracheraient tant elle nettoyait et rangeait vite. Man Suzanne ne pouvait que s'en satisfaire, car la case était toujours très propre. De manière frénétique, Dina faisait le lit, lavait la vaisselle, pliait les vêtements de Marcelle. Elle avait déjà sauté l'âge pour rejoindre la seconde technique du lycée hôtelier qu'elle avait longtemps visée, mais elle n'avait pas le niveau. Alors elle astiquait tout ce qu'elle pouvait pour rattraper son retard. Chaque semaine, elle demandait l'autorisation à Man Suzanne de se rendre à l'hôtel Méridien de l'en-ville pour poser des candidatures. Sa mère lui rétorquait qu'elle était trop jeune et qu'elle devait d'abord finir l'école. Pour une personne comme elle, femme de chambre était un métier à sa portée et elle ne baissait pas les bras pour y arriver. Elle se rêvait avec l'uniforme. Peut-être qu'un jour, elle glisserait sa clef dans la serrure d'une chambre, en uniforme rose saumon, avec de belles boucles d'oreilles, pour nettoyer le lit et la salle de bains, et qu'à l'intérieur, elle tomberait nez à nez avec un *touris* français. Et là, le coup de foudre. Et, quelques jours après, le grand départ pour aller vivre à Paris avec toute la famille.

Man Suzanne se posait plus de questions, elle voyait le manège de sa fille qui se mettait à aimer aller chercher de l'eau au puits, proposait de faire les commissions pour revenir deux heures plus tard. Elle ne la réprimandait pas, elle savait ce qu'on ressent quand on vous pique le cœur d'amour. Et puis, le chauffeur de Césaire, ce n'était pas n'importe qui non plus. Elle était cependant ferme sur un sujet :

— *Ma fi*, fais attention dehors et simplement je t'en supplie, ne me reviens pas le ventre rond. Tu es trop jeune.

Leçon de choses

SACRÉ-CŒUR BALATA

Appelée aussi le « Montmartre martiniquais », l'église du Sacré-Cœur de Balata a été construite entre 1923 et 1925 et est située à Fort-de-France, à 7 kilomètres du centre-ville sur le Morne-Savon. Le monument s'inspire largement de la basilique parisienne, bien que cinq fois plus petit. Le chauffeur de Césaire avait promis d'emmener Dina à Paris. C'est devant cet édifice qu'il gara sa DS blanche pétante un dimanche après-midi. Oui, il la floua un brin, et alors qu'elle avait compris la supercherie, elle enfouit sa déception sous un sourire de façade.

Fruits défendus

Max restait bien haut dans le monde des arbres et des BD, avec la peur bleue d'en redescendre. Il entreprit de construire un refuge dans un pied de goyavier. Grâce à un pacte de non-agression passé avec Edwa-volè-d'poules, il avait récupéré deux canards qu'il gardait là et qu'il nourrissait. Il avait également trouvé deux gros seaux qui pourrissaient à la Cascade et s'en servait pour garder les poissons qu'il avait appris à pêcher dans la rivière, soit directement à la main, soit avec un harpon fait maison qu'il plantait vivement jusqu'au fond de l'eau. Il s'essayait aux *mangos*-vinaigrette, à nager pour rattraper les cocos tombées dans l'eau, à vendre en secret le trop-plein de fruits qu'il piochait chez Man Valéras, à fabriquer des cerfs-volants, des yoyos, des jeux pour les tout petits enfants. Sur des clous plantés à la verticale sur les parois du goyavier, il gardait en captivité des libellules, prises au piège dans des lianettes, puis les relâchait, parfois trop tard.

Sur le long chemin qui longeait la Madame jusqu'à l'école, un chassé-croisé matinal s'opérait : les élèves de Trénelle marchaient vers la ville en uniforme blanc – chemisette, short et cartable. Tandis que les écoliers de Citron-Grosse-Roche, comme Max et Hilarion, se dirigeaient vers le nord. Les deux compères se cachaient dans un renfoncement entre la pierre et l'eau, tout au bout de la Ligue, attendaient le passage des écoliers de Trénelle et se jetaient à l'abordage pour souiller leurs uniformes blancs de mangues pourries bien juteuses et bien tachantes. Un après-midi, la bande ennemie se vengea : pendant que Max et Hilarion se baignaient à la rivière, assez loin du bord, les autres prirent leurs vêtements qu'ils éparpillèrent dans la forêt. Quelle honte ce fut de passer devant les voisins à poil !

Vous l'aurez compris : Max et son compère Hilarion étaient régulièrement en retard pour le début des classes. Oui, il y avait un temps pour tout. Et une bonne journée commençait d'abord par une partie de ricochets. À côté de la Ligue, les cailloux étaient bien plats, bien polis par le remous de l'eau lorsqu'elle s'amène vers la rive. Ensuite, Max et Hilarion devaient préparer leur *katrè* – goûter –, il y avait tout ce qu'il fallait dans la forêt. Les deux amis connaissaient par cœur les arbres les plus prolifiques, remplissaient leurs sacs de tamarins, mangues, goyaves, courbarils et grosses cacahuètes. Chaque jour, ils variaient les plaisirs, les goûts et les couleurs. Il y avait même du poil à gratter que Max eut l'idée de cueillir pour punir cette nouvelle maîtresse qui se vantait d'avoir vécu à Paris et d'avoir « déjà craché dans la Seine », mais qu'est-ce qu'ils en avaient à faire qu'elle ait enseigné dans de très bonnes classes en métropole ? Si elle était là devant eux aujourd'hui à donner la leçon à une bande de remuants analphabètes, c'est qu'elle n'était pas si brillante que ça. Seine ou pas Seine, le poil à gratter s'attaquait à tous les popotins de France et de Navarre.

Quelque part sur la route, juste avant que les rapides disparaissent sous terre, le sentier bifurquait vers un chemin étroit encombré par les fougères géantes, et menait à un terrain balisé d'arbres fruitiers. Max et Hilarion s'en léchaient les babines d'avance. Ils faisaient de petits sauts pour se remplir les narines d'odeurs de mangue et d'abricot *péyi*. L'endroit avait tout pour leur plaire. Son seul défaut : être une propriété privée qui appartenait à Man Valéras, une petite dame veuve et aigrie, d'une soixantaine d'années, qui n'aimait pas que les jeunes traînent dans le coin. Quand ils avaient découvert ce paradis, ils s'étaient promis d'y revenir avec l'artillerie nécessaire pour défaire les lignes ennemies. Le lendemain et le surlendemain, ils étaient rentrés chez eux comme tous les enfants du coin, car la Madame avait débordé et coulait à torrents. Personne ne pouvait traverser la rivière dans ces cas-là. Quelques jours plus tard, l'eau à la bouche, les deux amis se frayèrent un passage, enjambèrent les fougères, les ronces leur éraflant les cuisses et les mollets. Ils avançaient sur la pointe des pieds en levant haut les jambes, car les crapauds et les serpents passaient dans ces chemins plus souvent que les humains. Le trésor n'était plus très loin. Assis dans un coin ombragé, ils déroulèrent leur plan.

— Faut pas se faire remarquer, Hilarion.

— Tu l'as ?

— Oui, tiens, le casse pas, c'est mon frère qui l'a fait, répondit Max lui tendant un lance-pierres que Claude avait taillé dans une branche de poirier en « Y ».

— Tu l'as essayé ?

— Oui, oui, j'ai réussi à viser un crapaud sur l'autre rive hier, répondit Max en imitant le cri du batracien. *COUAC… COUAC… PAF.* Tu as pris les munitions ?

Hilarion sortit de sa poche quelques cailloux et les aligna au sol avec une précision militaire : « 1, 2, 3, 4, 5, 6, 7, 8, 9, 10. Le compte est bon. » Assez petits pour tenir dans le caoutchouc, assez gros pour dégommer des fruits solidement accrochés aux branches.

— Tu commences ou j'y vais ?

— Donne, répondit Max, je te montre. Dis-moi ce que tu veux que je vise et prends-en de la graine.

— La belle grosse à 11 heures là-bas, dit son ami en pointant du doigt une énorme mangue jaune orangé.

— OK. Mate l'artiste.

En se frottant les joues et le menton, Max choisit son caillou avec minutie, le tendit vers la cible, ferma un œil, mit le caillou dans le cache – en joue –, fit mine un instant de viser la tête d'Hilarion et décocha un tir chirurgical au sommet du fruit, qui tomba de la branchette dans les hautes herbes. Hilarion courut au point de chute et s'empressa de ramasser le fruit, quasi intact. À tour de rôle, ils firent tomber une dizaine de fruits, en consommèrent une bonne partie en route, et gardèrent le reste pour le *katrè*.

Le matin, Man Valéras constatait le pillage de son jardin et râlait sur tous les toits. Très vite, des voisins informèrent Ami Georges que Max avait de mauvaises fréquentations et qu'il volait les fruits chez cette pauvre Man Valéras – pardon, mais son terrain était si grand que si la vieille avait voulu donner un fruit à chaque habitant de Trénelle, il lui serait quand même resté de quoi remplir tout le marché couvert de l'en-ville. Ami Georges avait déjà dit à Max de ne pas marivauder avec le fils Hilarion, car la réputation de son père n'était plus à faire : « Voyous de père en fils, pas de secret. » Ami Georges s'était rendu avec empressement chez la dame pour lui dire que « ce couillon de Max » faisait sûrement partie de la bande de rongeurs-voleurs qui saccageait son potager tous les matins. Il s'était confondu en excuses, honteux de devoir élever des bons à rien du genre de Max :

— Regardez, Man Valéras, je vais mettre Max dehors à 7 heures demain matin. Attendez-les. Ils vont sûrement passer par chez vous dans ces eaux-là. Je vous autorise à *carabiner* ces mulots mal élevés.

Le lendemain, Max et Hilarion, fiers aventuriers, arrivèrent sur le terrain de Man Valéras avec une nouvelle troupe de curieux et en tête une nouvelle cible : un goyavier très costaud

dont les racines s'entremêlaient avec un pied de campêche. Régal assuré.

— La voie est libre ! cria Max aux autres.

Ils venaient à peine de s'installer au cœur des fougères, qu'un premier coup de feu retentit. Max et Hilarion se regardèrent, interdits. Des coups de feu ? Panique à bord ! Les enfants se relevèrent en hâte quand une balle de plomb s'écrasa dans la fesse droite d'Hilarion, un copain en prit une dans le mollet et une autre fit un trou dans le sac à dos de Max qui roula dans l'herbe. Hilarion boita toute la journée, déclenchant les rires des autres qui le soupçonnèrent d'une envie pressante. Max savait qu'il reprendrait du plomb s'il rentrait avec un pantalon aussi taché. À la rivière, ils firent ce qu'ils purent :

— Mais frotte… Mais frotte plus fort ! Purée de nous autres, tu n'as pas de force ou quoi ?

— Je frotte là. Mais ça part pas !

Lorsque Max revint des classes, le sac abîmé et des traces vertes sur son pantalon, Ami Georges était assis sur la chaise, serrant un verre de rhum dans la main droite, sa ceinture dans la main gauche. Ah non ! Il s'était fait canarder aujourd'hui, ça n'allait pas recommencer ! Max prit le petit sentier juste avant la case et s'enfuit au plus profond de la forêt, sans réfléchir. Il entendit Man Suzanne le réprimander de loin, des mots pour lui faire la morale, mais c'était trop tard. Personne ne le frapperait ce soir. Il courait comme un dératé sur le sentier. Si vite que l'air lui rentrait dans les yeux en déclenchant des larmes qui bavaient sur ses joues jusqu'à ses oreilles. Quasiment sans ralentir, il finit sa course en escaladant un gigantesque goyavier isolé, sans grand voisinage autour. Pas de coups ce soir. Il était fatigué de se faire battre pour un oui ou pour un non. C'étaient juste des fruits après tout. Il pouvait leur vomir toutes les mangues et les *quénettes* qu'il avait accumulées dans son gosier s'ils voulaient. Qu'on le laisse tranquille ce soir. Un sac abîmé et des traces vertes sur le pantalon. Max se prenait tellement de gifles qu'il avait l'impression d'avoir la main d'Ami Georges imprimée sur la joue. Malgré Johnny et France Gall, ça se tendait pour un rien dans cette petite case de misère. L'espace était si étroit que l'air y était irrespirable. Il n'avait même plus besoin de se lever pour *te* flanquer des calottes.

Tu as un autre plan pour aujourd'hui
Tu ne vas pas te laisser attraper une énième fois
Ici, rien ne peut t'arriver
Tu observes des colibris venir tremper leur ti trompe dans le nectar
Et hop, tu t'allonges en même temps que le soleil disparaît au loin
et t'assoupis en même temps que le jour s'évanouit.

L'affrontement

— *Vini la* – Viens-là !

Max se réveilla en sursaut à 3 mètres du sol, niché sur le grand goyavier. En se penchant dans le vide, il faillit dégringoler et se rompre les côtes sur la dizaine de branches qui le séparaient du sol. Il se pencha et constata avec horreur qu'Ami Georges avait découvert sa cachette. Comment était-ce possible ?

— Max ! Descends de là ! *Koumen ou kouyon kon sa ?*

Il t'a retrouvé
Oui, c'est lui en contrebas
Tu plisses les yeux pour mieux voir de quoi ta punition sera faite
Que serre-t-il là au creux de sa paume ?
Un bâton ?
Un câble électrique ?
Une liane ?
Un bout de tôle ?
Sa ceinture ?
Une corde ?

Max était démasqué. Il n'avait plus d'autre choix que de se rendre. Il n'allait pas pourrir comme un *mango* gâté de plusieurs semaines. Pour gagner du temps, il descendit lentement le long du tronc, on aurait dit que c'était la première fois. Ses mains moites glissaient sur les branches mousseuses qu'il lâchait au tout dernier moment pour retarder la sentence. Il essayait de caler son souffle sur le clapotis de la rivière au loin. Est-ce qu'il allait passer entre ses bras et fuir à tout jamais ? Est-ce qu'il se laisserait battre comme un animal ? Que ferait Zembla ?

Les yeux de l'Ami George te fusillent
Attends
Et s'il décidait ici de te tuer
Personne n'en saurait jamais rien
Tu dois fuir !

Max sauta de la dernière branche et tenta une course folle. Mais Ami Georges l'agrippa facilement par le haut du bras, planta ses ongles dans sa chair et le traîna en silence à travers la forêt. Tout en marchant, Max se protégeait le visage pour éviter une brusque volée. Au contraire, Georges était anormalement silencieux. Le niveau de panique de Max monta d'un cran. Qu'est-ce qui se passait ? Il ralentit le pas et lui enfonça dans le creux du dos le bout du bâton qu'il tenait dans sa paume. Alors qu'ils approchaient de la case, Max entendit le son rassurant du tourne-disque de Man Suzanne qui grésillait :

Avec une seule poignée de terreee / Il a crééééé le mooonde
Et quand Il eut créé la Terre / Tout en faisaaant saaa ronde
Le Seigneur juuugeant en somme / Qu'iiil manquait
le minimum
Il créaaa la femme / Et l'aaamour
qu'elle a donné aux hommes

Oh-oh-oh, oui c'est vrai
Avec une seule poignée de terreee / Il a créééé les lèvres
Et tes deux bras quand ils me serrent /
Pour me donneeer la fièvre
Et je pense à chaque instant / Que ceeelle que j'aiiime tant
Le Sei-gneuuur l'a faite / Avec uuune seule poignée de terre.

Ami Georges poussa Max à l'intérieur de la case, nez à nez avec Man Suzanne. Attablées, Marcelle et Dina accueillirent Max avec des yeux ébahis et inquiets. Man Suzanne lâcha sa casserole dans l'évier, se sécha les mains et fit quelques pas vers son fils.

— Max, mais tu es fou ? Où étais-tu passé ?

— Je me suis enfui parce que j'ai eu peur. J'étais fatigué. J'ai trouvé l'arbre. J'ai voulu dormir pas longtemps, mais la nuit est tombée, j'ai pas fait exprès de m'endormir dans l'arbre, maman, dit-il avec l'infime espoir de paraître crédible.

Georges ne prononçait pas le moindre son, tandis que Max se protégeait toujours le visage, par réflexe. Il était encore à distance de se prendre la dérouillée qu'il méritait. Soudain, Ami Georges entra dans une transe épouvantable. Max était allé trop loin. Le ton monta, l'air devint irrespirable.

— J'ai tout fait pour vous dresser comme de bons petits enfants, mais *pli zot grandi, pli zot ka vini* sauvages ! Des monstres. Vous êtes des monstres ! Incapables d'écouter. D'être sages ! Mais qu'est-ce que j'ai fait au bon Dieu ? Je sais bien que tu traînes avec des voyous, Max. Je suis pas aveugle, hein ? À partir de maintenant, vous n'allez plus traîner dehors. Plus de sortie, plus de compère, plus rien. Toi, c'est pareil, Dina. Parce que c'est vos compères qui font l'éducation à notre place alors ? Mais vous rigolez ou quoi ? Vous allez plus voir personne, je vous le dis ! Ça va changer ici, hein. Quel exemple vous montrez à Marcelle ? Combien de fois je vais vous répéter : les enfants écoutent les ordres des adultes. Un enfant comme vous, c'est fait pour fermer sa grande bouche et l'ouvrir pour manger et dire « oui papa ». Vous êtes des bons à rien, on dirait les chiens qui traînent au quartier. Vous finirez comme eux. C'est ce que vous voulez ?

Et en se tournant vers Man Suzanne :

— Je t'ai dit depuis le début, tes enfants sont des sauvageons, des bons à rien. Des incapables ! Tu sais où je l'ai retrouvé Euzane ? Il dormait dans un arbre. Dehors ! Tu veux aller dormir dehors mon garçon ? C'est ça que tu veux ? Moi, j'ai dormi dehors dans les champs. Toi, tu as la chance d'avoir un toit et tu t'endors à la belle étoile et tu reviens comme un chien *fè* pour prendre le bouillon-matin ? Tu ne veux plus de ce toit ? Tu veux faire comme Clau…

Ami Georges s'arrêta net.

Sans t'en rendre compte, tu avais fait un pas en avant
Impossible de reculer à présent
Qu'il essaie de prononcer le prénom de ton frère
Qu'il essaie seulement
Qu'il prononce seulement les six lettres du prénom de ton frère
Qu'il lui manque un petit brun de respect
Et tu te jettes sur lui.

Selon Ami Georges, plus les bâtards de Man Suzanne grandissaient, plus ils devenaient des monstres. *Il avait tout essayé pour vous dresser pourtant. Mais visiblement, vous restiez indomptables, plus sauvages qu'un rat manicou de mangrove.*

— Alors ? Tu veux aller dormir dehors, couillon ?

Max se demandait ce qu'il se prendrait s'il répondait « oui ». Après tout, oui, il voulait dormir dehors, coucher dehors, tout faire dehors. Tout sauf ici. Dina et lui voulaient sortir avec leurs copains-copines, leurs tâches du soir étant terminées, mais Ami Georges s'y opposait sans raison. Si Max ne voyait pas Anita le soir, quand la verrait-il ? Les compères racontaient que l'en-ville croustillait de touristes. Fort-de-France changeait et eux restaient, des bêtes dans leur case-cage entre l'école et les coups. Il voulait lui dire ce qu'il en pensait de son éducation. Pour la première fois, il se sentait prêt.

Mais Max se tut.

Man Suzanne tremblait, sans oser interrompre Georges qui n'en finissait pas de déverser sa haine :

— Tu sais à qui tu me fais penser, Max ? À ton grand frère Claude. Il passait son temps dehors et on a vu là où ça l'a mené. Tu veux faire comme lui ? Tu as vu comment il a fini.

— Ne parle pas de Claude, Georges, lança Man Suzanne avant que Max n'intervienne.

Elle s'était levée de sa chaise, les yeux humides. Max avait refait un pas en avant. Le silence fracassait la pièce. Dina la rejoignit pour lui prendre les mains.

Ami Georges était rouge, ses yeux jaunes injectés de sang, les veines de ses avant-bras et de ses mains gonflaient. Il leva le bras et éclata sur le sol le bout de bois qu'il avait gardé à la main. Il serrait les poings en fixant à tour de rôle Dina, Max et Man Suzanne. Marcelle relâcha ses couverts et éclata en sanglots.

Tremblant, Georges se tourna vers Man Suzanne, interdite, comme pour lui demander quoi faire. Marcelle qui s'était tenue jusque-là recroquevillée dans un coin, les mains sur les oreilles, courut vers son père en criant : « Arrête, papa ! », mais Georges l'écarta d'une main pour se remettre face à Max et Dina que Man Suzanne tentait de pousser à l'extérieur. Il était comme fou. Max se pencha vers Georges :

— Ne nous touche plus, tu n'es pas notre père.

Man Suzanne repoussa son fils :

— Max, comment tu parles ? Insolent, lâcha-t-elle, à moitié convaincue.

C'était la première fois que Max tenait tête à Ami Georges. Il lui avait dit ce qu'il avait toujours voulu lui dire. Les conséquences ne comptaient pas. Trop tard. Ami Georges avait les yeux braqués sur Max et Dina. Son souffle devenait de plus en plus fort et résonnait mille fois *dans tes tympans*.

D'un geste brusque, Ami Georges avait passé une main par la fenêtre donnant sur le jardin pour attraper l'énorme pelle à ignames plantée dans la terre. Dans un réflexe de survie, Max et Dina firent trois pas en arrière, la jeune fille bascula à la renverse. Marcelle cria : « Non !!! » Tout l'air était aspiré. Même les animaux de la cour n'étaient plus qu'un lointain crépitement, à peine audible.

Le regard terrifiant d'Ami Georges fusillait tout ce qu'il y avait de vivant dans la pièce. Il serra le manche de la pelle et dit d'une voix aussi calme que glaciale :

— La prochaine fois que vous me tenez tête, je vous le montre, le squelette de votre père.

Redoute

Trénelle n'avait pas de cimetière et ne vivait pas avec ses morts. Le plus proche se trouvait à une demi-heure de marche. Vint le jour où, chargés de rhum Bernus, Max, Dina, Hilarion et d'autres curieux compères se lancèrent, euphoriques, sur la grand-route, celle qui montait d'un coup dans les terres. Ils étaient partis en pleine nuit et avaient poussé, aux aurores et en grande pompe, le frêle portail du cimetière. Il y avait assez d'alcool dans leur corps pour réveiller tous les corps gisant du coin. Les tombes de pierre blanche réfléchissaient la lumière de la presque pleine lune et leurs ombres faisaient apparaître des géants rivalisant avec les arbres. Hilarion avait proposé à Max de parcourir tous les cimetières de l'île pour trouver Peter. Ils finiraient bien par découvrir quelque chose quelque part. Le cœur de Max battait à 100 à l'heure.

— Le premier qui découvre votre père a gagné, cria Hilarion d'un ton enjoué, ses yeux grands ouverts perçant l'obscurité.

Il courait à présent dans les allées en tenant la bouteille de rhum par le col, arrosant çà et là les pierres tombales.

— Alleeez, buvez les mooorts, à la santé des aïeux !!!

Hilarion se penchait sur les tombes et tentait de déchiffrer chaque nom dans la pénombre.

— Jo… seph Matu… rine ! Pas lui, lança Hilarion avant de se jeter sur une autre, puis une autre, puis une autre, titubant. Alexandre Robert-Naudin, non. Gatien Dina, non. Valentine Cantinol, non plus. Michel Rougerie, non. Où te caches-tu, Peter ? Peeee-teeeer ?

Alors que Max le rejoignait, honteux, Hilarion lâcha la bouteille de Bernus vide sur la pierre. Le bruit retentit dans tout le cimetière, déclenchant les aboiements nerveux d'au moins deux chiens de l'autre côté de l'enceinte.

— Hilarion ! *Chuuut !*

— Ouiii, d'accooord, faudrait pas réveiller les mooorts, s'amusait-il en levant les yeux au ciel. Peeeeteeeer ?

— On va rien trouver ici. Si Peter était enterré ici, je saurais quand même.

— Max, dit Hilarion en s'approchant à deux centimètres de son visage. Mon ami. Ton beau-père Georges a dit, je cite mot pour mot : « Je vais te montrer le squelette de ton père. » Or nous sommes dans un lieu où il y n'a que ça, *des squelettes de ton père*. C'est ici qu'il faut chercher. Et s'il n'est pas là, nous irons voir ailleurs. Peeeeteeeer ?

À la lumière de la lune, la bande passa la nuit entre tombes et épitaphes à la recherche de l'inconnu. En vain.

Peter

Quand le soleil se couche en déposant sa longue traîne mauve sur la surface de la rivière
Quand le clapotis de l'eau se replace au centre de l'orchestre
Quand tout est calme, que les tites gounouy entament leur mélodie nocturne
Les créatures se réveillent, sortent de l'eau, dégoulinent des grands arbres

On raconte par-ci qu'une main jaune tue
Le jaune du gant de vaisselle, chaque nuit sévit, tire le drap des endormis
s'enroule autour de certaines gorges innocentes et les serre de toutes ses forces
On dit que si tu l'aperçois, il est déjà trop tard

Et par-là on dit qu'un drap blanc qui vole au ras de la rivière bleu marine
et qui tranche l'air lourd du soir
en prophète du désastre
Gare aux garnements qui croisent sa route

Le spectre de maison s'annonce par une odeur envoûtante de lessive de forêt,
continue sa route entre les arbres
frôle le cours d'eau
Pour l'éternité, le drap blanc cherche un refuge
Alors seulement, Trénelle en sera libérée

D'un pas prudent, il avance dans l'obscurité,
les yeux citrine, la peau noire, les dents blanches
Le chat morphoisé est inoffensif, mais tomber nez à nez avec lui glace le sang
tant son sourire interroge, reste avec vous toute la nuit

Dans le grand fromager bordant la crique, un étrange fruit est suspendu à une branche
C'est la peau de la femme volante
qui tranche la pénombre son blanc électrique
sans son enveloppe, à vif, en quête de sa victime

Et puis il y a l'histoire du squelette enfoui
Un squelette nommé Peter
Du nom d'un ancien habitant de Trénelle
Qui la nuit s'autodéterre pour tic-toc-toquer de toute sa carcasse pâle sur les portes de tôle du Tout-Trénelle
et hanter les enfants qu'il n'a jamais pu reconnaître

Un squelette resté discret pendant de si nombreuses années
Et qui grâce à Ami Georges faisait surface
Soudainement

Assis sous la lune, tu rajoutes un conte à la ribambelle d'histoires à dormir debout
Tous les compères aiment se faire peur,

écoutent ton histoire avec délectation, chaque fois comme si c'était la première.

Obéir. On t'avait demandé d'obéir. Obéir ou voir la mort.
Un diable de paraître, sans âme, mais à la morale instable
Qui se baladait avec une grande pelle,
à déterrer les ignames et les morts.
Obéir ou voir surgir ce qu'il reste de Peter.

On t'écoute.
Tu te prends au jeu. Tu te mets debout, lèves les bras au ciel, montes sur une roche, attrapes une branche, singes Georges.
Tu en fais trop.

Leçon de choses

LA TUBERCULOSE

La tuberculose est une maladie infectieuse provoquée par une bactérie qui se transmet par voie aérienne aussi bien aux enfants qu'à ta Man Suzanne. Elle touche le plus souvent les poumons, mais atteint aussi parfois d'autres organes et peut évoluer vers le décès si elle n'est pas traitée. Chez ta Man Suzanne, la tuberculose a entraîné un cancer du poumon gauche, ce qui ne facilite pas sa guérison. À cause de ces deux maladies combinées, la pente pour rejoindre Trénelle depuis l'en-ville devint vite mission impossible pour ta maman. Dans le bourdonnement typique de l'obscurité créole, lorsque la mélodie des grenouilles translucides répond à celle des criquets, une toux grasse et rouge s'installe peu à peu et chaque crachat rapproche ta maman de sa dernière nuit.

Le regard de Man Suzanne

Des mots pour tuer. Déjà des semaines qu'Ami Georges avait menacé de déterrer Peter, leur squelette de père. Un énième châtiment, une révélation terrible, un coup pour anéantir. Immobile, Man Suzanne avait fixé Ami Georges avec un air horrifié, comme si se tenait devant elle le diable en personne. Adossée contre l'un des murs de la case, elle avait glissé contre la tôle. Un clou s'était pris dans sa robe à pois verts, l'avait déchirée sur 5 centimètres. Man Suzanne était longtemps restée sur le postérieur, sa belle robe éraflée de désespoir. Avec un air qui glaça le sang de Max. Depuis, elle n'était jamais revenue sur cet événement, pas un mot. Elle évitait le regard de ses enfants, de peur de se laisser aller au chagrin.

Durant des semaines, Max resta avec ce sentiment étrange de devoir faire le deuil d'une rencontre avec son père. Il observait Man Suzanne, sa tristesse avait été ravivée. Ami Georges avait brisé quelque chose. Un serment entre eux. Une promesse. Il y avait d'un côté le squelette de Peter qui hantait désormais ses nuits, mais aussi la trahison d'Ami Georges. Max voyait bien Man Suzanne faire la comédie et prétendre que rien n'avait changé, alors que l'équilibre du monde avait basculé.

Dans ce quartier où régnaient les *cancans-milans*, Peter avait toujours été enrobé d'une épaisse couche de silence. Jamais Man Suzanne n'évoquait ce passé. Max et Dina n'en connaissaient rien, seulement des détails insignifiants. Ce père, ce grand mystère, soudainement réapparaissait sous une forme inquiétante, morbide même.

Max rêvait souvent qu'il sortait en pleine nuit. Posait un pied nu sur le jardin de racines créoles alors glacé. Autour, figuiers et arbres à pain se dandinaient de rire dans l'obscurité. Des *manicous* géants tapis dans les feuillages se poilaient à la vue de ce petit gars paumé dans son propre songe. Dans un coin du potager, Ami Georges se dressait alors géant (au moins deux fois plus grand que nature) et enfonçait, ivre de vice, sa pelle dans la terre craquelée. Il ne quittait pas Max des yeux et assénait d'énormes coups dans le terrain. Bientôt, une brèche laissa échapper une lueur aussi pâle qu'inquiétante, un trou énorme qui se reformait toujours dans la nuit avant d'avoir pu livrer un seul de ses secrets.

Le jour, Max se promenait avec ses souvenirs nocturnes mêlés d'une curiosité qu'il avait du mal à canaliser. Il avait du mal à croire à cette affaire de squelette. Le passé qu'il n'avait jamais osé imaginer se dévoilait ainsi par la fin ? L'histoire ne pouvait s'arrêter à un tas d'os enfoui entre un igname et deux patates douces. Il aurait même accepté des origines gauloises pour s'enlever cette image funeste du crâne.

Il préférait Peter lorsque ce n'était qu'un prénom. Ami Georges avait rendu ce prénom vivant pour le tuer dans le même instant.

Peter. Depuis leur plus jeune âge, Man Suzanne leur rabâchait ce prénom à la face, pour qu'ils ne posent pas trop de questions. Personne d'autre ne s'appelait comme ça, pas un voisin, pas un professeur, pas un personnage historique. « C'est même pas français ! » répétait Dina. « Peter ». « *Pi-teure* ». Sans le vouloir, ni se l'avouer, Max conférait à ce prénom un statut divin, un prénom attribué à cet homme qui ne s'était jamais montré, mais sans qui il n'aurait pu voir le jour. Il n'avait jamais rien su de ce qui était arrivé à Peter. Il n'était simplement pas là où Max était, c'était tout ce qu'il y avait à savoir. Comment avait-il pu se contenter d'un prénom ? Toutes ces années. Peut-être qu'il aurait dû se montrer un peu plus curieux, plus concerné. C'était trop tard. Contrairement à celle de ses frère et sœurs, l'histoire de Max était un trou béant, un gouffre que ni Man Suzanne ni les mille têtes familières croisées tous les dimanches sur le parvis de Saint-Antoine-de-Padoue n'avaient jamais voulu combler.

Parce que l'idée d'un squelette vivant sous la terre de Trénelle était impensable, Max tentait parfois de creuser un autre chemin. Après tout, il ne faisait pas confiance à Ami Georges, il n'en avait jamais été ainsi. Peut-être qu'il avait simplement voulu leur faire peur. Les sidérer pour définitivement anéantir l'espoir d'une autre vie. Ce ne serait pas la première crasse. Un énième coup pervers, une morsure de plus.

Vous enlever tout espoir, toute lignée,
Vous les bâtards
Vous couper les vivres

Man Suzanne mourante, Ami Georges voulait sans doute que rien ne puisse lui survivre, rien à part lui, en démon omnipotent. Et Man Suzanne n'avait rien pu lui rétorquer. En effet, comment intervenir sans rompre le serment qu'elle avait passé avec Max-ne-savait-toujours-pas-qui ? Comme elle l'avait toujours fait, elle s'était tue. Le silence. Même dans les moments les plus sombres.

C'est avec une profonde tristesse

… Nous vous faisons part du décès de Mme Josselin Guillemette, surnommée Marraine…
… C'est avec tristesse que nous vous faisons part ce jour du décès de M. Maria, âgé de soixante-dix-huit ans, qui laisse derrière lui…

Dès le réveil, Man Suzanne déclenchait d'un doigt le transistor et la voix nasillarde du présentateur annonçait chaque matin les pires nouvelles venues des quatre coins de l'île. Durant le petit-déjeuner, les avis de décès du jour se succédaient avec en bruit de fond le bouillon de fruits à pain qui mijotait dans la grande casserole, puis dans les bouches affamées. On était habitué à apprendre la mort de dizaines d'inconnus. Tous les matins, des gens disparaissaient. Des vieux, des plus jeunes, parfois même des *timoun* d'à peine quelques mois. Des morts naturelles. Des accidents. Très rarement, Man Suzanne et Ami Georges reconnaissaient le nom d'une tante éloignée ou d'un cousin de l'en-ville : « Ah ? Il était jeune pourtant… »

C'était la routine. Max était habitué.

La seule différence depuis quelques semaines, c'est qu'il écoutait le nom des défunts de manière un peu plus attentive. Cette histoire de squelette le hantait. Même s'il n'avait pas grand espoir, il espérait chaque jour que le squelette lui fasse un signe, que les dires d'Ami Georges soient confirmés. Il ne cherchait pas la certitude de voir ou d'entendre le squelette de son père, il voulait simplement un signe de son existence. Après tout, il n'en avait jamais eu. Peut-être que la radio ne lui donnerait jamais raison. Mais peut-être qu'un jour, il mangerait son *migan* de fruits à pain et il entendrait quelque chose du genre :

Bonjour Madame, Bonjour Monsieur, c'est avec une profonde tristesse que nous vous apprenons la mort de l'homme qu'on prénommait tout simplement Peter. Il laisse derrière lui deux enfants – Max et Dina – et tout un tas de mystères...

Mais il n'y avait jamais rien de la sorte. Il ne pouvait pas s'empêcher de penser qu'il écouterait peut-être un jour l'acte de décès de sa Man Suzanne. Lorsque celle-ci crachait de manière continue, surtout au réveil, cette pensée devenait palpable. Elle passait le pas dehors et dégueulait son écume contagieuse loin de ses enfants.

La Montagne Pelé

Cet après-midi-là, la Ligue était en folie, plus bondée que jamais. Grands et petits s'étaient retrouvés pour essayer leurs meilleurs passements de jambes. Par chance, la rivière était restée tranquille et n'avait pas enseveli le terrain pour la troisième fois. C'était en janvier 1971. Depuis des semaines, tout Trénelle était en émoi et partout on causait football. La radio locale avait annoncé la venue sur l'île des joueurs brésiliens du Santos FC et de leur attaquant phare : le Roi Pelé en personne, star victorieuse de la dernière Coupe du monde au Mexique un an auparavant. À Trénelle, les vieux posés aux terrasses des épiceries ne parlaient plus que de ça. Pelé en Martinique ! Tout le monde brandissait la une de *France-Antilles* annonçant que « PELÉ SERA À LA MARTINIQUE LE 28 JANVIER 1971. » Max écoutait les commentateurs sportifs du dimanche :

***Missié* Albè :** Pelé en Martinique ! *Mmh*. Ah !

***Missié* Robè :** Écoutez-moi bien, dans le *cad'* de leur tournée internationale qui les a amenés en Bolivie, en Colombie, au Panamá, au Surinam, au Salvador, à la Jamaïque, à la Guadeloupe, en Haïti, le club de Santos et son attaquant

modèle Pelé a décidé de défier le redoutable peuple martiniquais sur ses terres. La partie va être rude. J'ai peur pour ces pauvres Brésiliens. Le match aura lieu au stade Louis-Achille de Fort-de-France. Prenez vos places, elles partent déjà comme des petits pains.
***Missié* Blaise :** Robè, arrête tes conneries, on va se faire pulvériser. Tu connais rien de rien. On parle de Pelé là, pas de Jean Robert de l'Éclair de Rivière-Salée.
***Missié* Robè :** Ah, ah, attendez voir ! Nous, on n'est pas la Guadeloupe ou le Salvador. Ici, c'est des vrais hommes qui jouent la boule.

Malgré quelques saillies chauvines, tous les Martiniquais étaient fous de Pelé : l'une des premières superstars planétaires noires, l'homme à la couleur charbon, mais aux buts en or ! La nouvelle s'était répandue en Martinique comme une traînée de poudre et avait inspiré de nombreux chants :

Oui, la radio la annnoncé
Santos ka vini Matnik
Roi Pelé ka débatché
Sé la football kay tombé

La radio l'a annoncé / Santos vient en Martinique / Le Roi Pelé va débarquer / Va y avoir du vrai football !

Pendant les deux semaines qui suivirent l'annonce du match à la radio, tout le monde s'organisa pour trouver une place sans payer. À Trénelle, qui pouvait mettre 100 francs, « un demi-salaire », comme disaient les grands, pour voir un match de football, même avec Pelé ? Beaucoup avaient décidé qu'ils chargeraient la police aux abords du stade pour y entrer coûte que coûte, d'autres faisaient des plans plus ambitieux : « *Lé zanmi mwen ka di zot* – Les amis, laissez-moi vous dire – *mwen kay monté anwo kokotiéya bô stade la* – je vais grimper en haut d'un cocotier aux abords du stade – *é mwen kay gadé Pélé* coûte que coûte ! »

Max avait un autre dessein. À force d'entendre que personne n'allait rater cette occasion, il se mit en tête de retrouver Peter au stade. S'il était encore vivant, il y serait sûrement. Oui, si toute la Martinique allait assister au match, eh bien, son père aussi ! Chaque jour qui précéda l'événement, Max fit le même rêve étrange.

*

Avec cent autres types, tu escalades un mur du stade
de là-haut tu as une vue plongeante et lointaine sur le terrain,
mais avec une vision très précise des joueurs, des lignes blanches, des cages, de l'arbitre
Là, le Roi Pelé vole comme une flèche, un éclair parmi les hommes
Il prend la boule sur la ligne médiane
prend appui sur un attaquant qui la remet en touche,
s'ensuit une course folle vers le but, comme si sa vie en dépendait.
Apothéose du génie, Pelé dribble une poignée de Martiniquais (gardien compris),
se retrouve face à la cage et au lieu de pousser la balle dans le but vide
Il retourne alors en arrière comme pour se laisser le choix
Il paraît si libre sur le terrain. En même temps qu'il lamine cette pauvre équipe martiniquaise, tu goûtes toi aussi à cette liberté…
Tu t'éloignes de ton plan
Tu ne fais même plus attention à la foule, aux gradins
Puis le roi Pelé se retourne soudain vers toi. Il te sourit, lève les bras au ciel.

Le 28 du mois de janvier arriva, la Martinique explosait d'excitation, comme si elle venait d'atteindre une finale de Mondial. Max se déroba de l'attention de Man Suzanne quelques heures pour aller rejoindre Hilarion sur le toit du lycée polytechnique de Bellevue, envahi par des centaines de types sans place. Une vue imprenable sur la pelouse du stade. Max dévisageait chaque compère installé sur le toit, il convainquit Hilarion d'arpenter les abords du stade pendant de longues minutes, bien après le coup de sifflet final. Sans y croire vraiment, il observait son monde dans l'espoir de voir surgir un visage familier.

Gran Moun

— Ce n'est pas quelque chose qui plaît à Dieu. Pourquoi on va fêter quelque chose qui n'est pas dans la *Bib'* ?

Lorsqu'il était encore là, Claude offrait toujours un petit quelque chose à ses frère et sœurs pour leur anniversaire – des agates, un *ti* gâteau Robinson de l'en-ville empaqueté dans du papier journal, des noix de cajou… Après sa disparition, plus rien. Man Suzanne ne jurait que par la Noël qu'elle célébrait jusqu'au bout de la nuit. Les communions aussi. Elle se faisait un plaisir de se rendre aux cérémonies de baptême des voisins et cousins les plus éloignés. Mais un anniversaire, jamais. Vous comprenez, ça n'avait rien à voir avec Dieu. C'était un hasard, parfois un accident, comme l'insinuait Man Suzanne. Et puis, on ne sortait jamais le livret de famille, alors Max n'avait jamais pu vérifier le jour de sa naissance.

Quand venait le mois de mars, Max avait une pensée pour lui-même qui repartait comme elle était venue. Il se fichait pas mal d'avoir un cadeau ou de l'argent, il était habitué, mais il ressentait comme une gêne, un vide. Ne pas fêter le jour de sa naissance, c'était nier qu'il ait pu un jour venir au monde. À quoi avait ressemblé sa naissance ? Son esprit imaginait parfois un moment de grande joie, puis la seconde d'après, quelque chose de plus discret, de plus sombre. Man Suzanne restait si mystérieuse à ce sujet. Dina serait née « vers » le mois de février 1958, et Max « un an plus tard ». Il fallait se contenter de ces bribes d'informations. Au fil des années, il remarqua que Marraine Cornélie rendait visite à la famille aux alentours du 20 février, aux alentours du 20 mars ; c'était plus simple pour Marcelle, qui, elle, était née le 14 juin. On savait. Alors, Dina et Max s'étaient mis d'accord :

21 février 1958 pour elle

22 mars 1959 pour toi

Dina continuait de s'offusquer chaque année car « en France, tout le monde fête son anniversaire ».

À seize ans, pas un jour de plus, Max arrêta l'école. C'était trop pour lui. Ces années de bonnet d'âne mettraient du temps à passer. Il n'avait pas eu beaucoup d'éloges depuis le début de l'école.

Dissipé / Devoir non fait / Leçons non sues / Punition non remise / Bavardage incessant.

Il se levait plus léger le matin et ressentait un immense soulagement à l'idée de ne pas poursuivre avec cette mascarade scolaire. Plus d'école la boule au ventre, plus d'école du tout. D'autres compères suivirent. Malgré les dires de Javelot qui voyait en Max un incapable bon à récurer les chiottes, Monsieur Foiret comprit que le garçon avait la tête remplie d'une épaisse mélasse d'emmerdes et n'avait tout simplement pas la place pour apprendre ses leçons. Il avait convoqué Man Suzanne pour lui expliquer que Max avait un don et un intérêt certains pour les travaux manuels, qu'il était très adroit et que ce serait dommage de ne pas miser sur ses capacités. Pour terminer l'année, ce bon professeur lui avait même offert un magazine pour apprendre à travailler le cuir, dont Max avait toujours apprécié l'odeur et la souplesse. Les magasins de cuir à l'en-ville, leur odeur si reconnaissable.

Il passait des heures à lire son magazine, « des activités manuelles pour le temps des loisirs ». Sur la couverture, il y avait des sacs de différentes formes, un étui à lunettes, un autre à pistolet, une ceinture, une pochette pour jeux d'échecs et d'autres choses qui pourraient lui rapporter beaucoup d'argent s'il arrivait un jour à en maîtriser la confection. Grâce à ce manuel, Max comprit qu'on pouvait faire du cuir un métier, ce qu'on ne lui avait jamais dit à l'école. Il apprit les différentes parties de la peau – le croupon, le dosset, la bande, le collet, le flanc... Les différents cuirs : de chèvre, de mouton, de porc ou de *box-calf*. Les outils, pour le traçage et la mesure, la coupe, la couture, la finition, la pose, la décoration : la cisaille, la griffe à molette, à frapper, le plioir, l'alène losange, l'alène ronde, l'abat-carre et d'autres choses qu'il commença à s'acheter en accumulant un *ti* job par-ci, un *ti* job par-là.

Le premier objet que Max créa fut le porte-revolver (page 38). Marcelle ne manqua pas de lui dire : « T'es couillon, tu as même pas de pistolet ! Tu veux juste faire ton *bad boy.* » Mais il s'en fichait, il accrochait son porte-revolver vide et se sentait invincible. La Savane était son western *méridjen.*

Man Suzanne lui avait toujours fait promettre de se donner les moyens de trouver du travail. Max s'inscrivit à « l'Agence » (pour l'emploi). Tout le monde était inscrit à l'Agence, mais personne ne trouvait de job.

— Tu as arrêté l'école juste pour rester avec ta maman adorée ? le taquinait Man Suzanne.

Impuissant face à sa maladie dévorante, Max ruminait en silence qu'il devait faire quelque chose, qu'il ne pouvait pas rester comme ça, à attendre. Alors il décida de passer le plus de temps possible avec Man Suzanne, pour partager un peu de sa douleur et la soulager. Le matin, il passait le temps sur un arbre et observait Man Suzanne qui faisait tournoyer sa robe, les yeux fermés, les joues roses, les mains serrées autour du manche à balai, et sautillait sur les mélodies des plus belles chansons françaises.

Ironiquement, Man Suzanne avait trouvé un boulot de femme de ménage à l'Institut Pasteur de Martinique, à une dizaine de kilomètres à pied de Trénelle et à la pointe de la recherche des vaccins et remèdes contre la tuberculose et le cancer. Elle plaisantait en répétant : « S'ils trouvent un moyen de débarrasser le monde de cette saleté, je serai la première au courant ! » Chaque jour, elle descendait à l'en-ville, accompagnée de Max qui la suivait dans les moindres recoins de Fort-de-France : le long du canal Levassor, au marché aux poissons, puis au marché tout court avec les vendeuses éternellement assises sous leurs mille parasols couleur pastel, aux magasins de chaussures pour acheter une nouvelle paire de souliers à Marcelle. À l'angle du cinéma, *la marchande de cocos qui depuis ton plus jeune âge t'en avait toujours offert.*

Max imitait la voix nasillarde des présentateurs radio et lisait sur son passage panneaux, plaques, enseignes, réclames :

— Objets d'art local... Souvenirs de la Martinique... 21ARI972... Expéditions du Rhum... Evinrude : Le Meilleur des Moteurs... Philips... Pâtisserie... 89ABO972... Samaritaine, Laines du Pingouin... Librairie Papeterie Leonidas... Maman, c'est quoi une « papétérie » ?

— Papeterie. Pour acheter du papier et les fournitures pour l'école.

— Ah. « Pa-pé-té-rie » Leonidas. Jeudi et dimanche. 26SUT972. Ongles Rouges et Cuisses d'Acier. Hôtel de Ville. Duquesnes, c'est le punch ! Duquesnes, c'est le punch ! Duquesnes ? C'est le punch !

— Max !

— Oui ?

— Change de disque, tu me fatigues !

— OK. Peter, c'est mon père ?
— Oui. Je t'ai déjà dit mille fois ça.
— Oui, mais… Tu peux m'en dire plus ?
— Non. Je te l'ai déjà dit aussi mille fois.
— Mais pourquoi ?
Elle répondait calmement :
— Arrête de poser des questions de grande personne.
— Mais je suis grand maintenant, je veux savoir.
— Non.
— S'il te plaît !
— Max, tu me réponds ?

Man Suzanne essayait de hausser le ton, mais elle n'avait plus la force de s'opposer à son fils. Elle savait qu'il faudrait peut-être un jour qu'elle réponde, mais ce n'était jamais le bon moment. Pour clore le débat, elle faisait mine de s'énerver.

— Pour la millième fois, oui, il s'appelait Peter. Et oui, c'était ton père. Ça suffit. Ça n'a aucune importance. Si ça avait de l'importance, il serait là avec nous. Je ne serais pas obligée d'aller travailler à 10 kilomètres à pied de la maison. C'est lui qui irait travailler, chercher le pain quotidien, qui serait un homme, qui descendrait chercher du job à la pointe Simon, qui travaillerait dans les champs, qui aiderait à la maison. Max, les hommes sont lâches, ils ne sont jamais nulle part, ils sont nuls, ils ne servent à rien, à part venir faire pousser de jolies fleurs comme toi partout et puis disparaître dans la nature comme des animaux sauvages. Tu le vois quelque part ton père ? Tu ne vas pas passer ta vie à chercher quelqu'un qui ne veut pas que tu le trouves ?

Dans les rues, Max voyait de plus en plus de gosses de Blancs. C'était assez rare pour le noter. Quand il était gamin, il y en avait qu'un dans sa classe, un fils de *bassadeur* ou un truc du genre.

— Et voici l'Institut Pasteur de Martinique, anciennement laboratoire de Microbiologie de Fort-de-Fra…

Man Suzanne faisait une bise à Max et le remerciait de l'avoir accompagnée. Alors, il s'asseyait sur le banc situé face à la façade du bâtiment plat, couleur crème. Dans la cour était garée une dizaine de jeeps de l'armée et un camion comme celui qui avait tué Claude. Des dizaines d'hommes en uniforme, beaucoup de métros, quelques Noirs, seulement des gens importants. Des médecins militaires, ce que Max trouvait étrange. Tout ce grand monde allait et venait sur le parking, une agitation quotidienne très différente de la vie à Trénelle. Parfois, Man Suzanne l'installait dans une minuscule salle du rez-de-chaussée et montait dans les étages. Même si Man Suzanne lui défendait de déambuler dans les escaliers, l'esprit aventureux de Max se réveillait et il arpentait les couloirs de l'Institut à la recherche de choses surprenantes. Comme le bureau de Monsieur Lagrange, avec ses souvenirs d'Algérie et d'Indochine. À l'intérieur, des centaines d'objets, statuettes, armes de décoration, plantes tropicales et des dizaines et des dizaines de bocaux contenant des antidotes à base de venin de serpent et de diverses plantes médicinales. L'Institut n'était jamais calme. Toute la journée, les gens couraient dans les couloirs et déblatéraient des mots barbares comme « tuberculose », « pathologie » « fièvre jaune », « bactéries », « traitement », « thérapeutique ». « Cancer » aussi. Max se demandait lequel d'entre eux trouverait le remède pour Man Suzanne. Car elle devait guérir, il n'y avait pas le choix.

Quelle fierté de voir ta Suzanne parler à ces gens importants
Elle était comme un poisson dans l'eau
Elle semblait à l'aise.

Discrètement, Max poussait chaque porte entrouverte. Un jour, il le vit se dresser de tout son long devant ses yeux, inoffensif, mais glaçant. Le serpent fer-de-lance, trigonocéphale, Tête-Vache-Qui-Rit. Tranché en deux. Les viscères à l'air. Quelques mètres d'écailles et d'horreur se terminant par la gueule grande ouverte de l'animal. Les yeux ronds et encore perçants. Les glandes apparentes. Et les crochets, terribles, longs, courbés, tranchants. Mortels. Max fut pris d'un violent frisson, mais s'avança vers Tête-Vache-Qui-Rit. Suspendue comme un vulgaire drap, la terreur de la rivière faisait moins la maligne. Sur une planche posée sur des tréteaux, à sa droite, de minuscules bocaux étaient disposés de manière symétrique, *comme les verres de lait que l'on vous donnait à l'école le matin.* Sûrement remplis de venin. Il pouvait en prendre un. Là tout de suite. Et le mettre dans sa poche. Personne ne le verrait. Et puis, il pourrait en verser quelques gouttes dans la chopine d'Ami Georges. Dès ce soir.

Et puis tu le verrais gonfler
Son sang coaguler
Son sang s'envenimer
Son cerveau se glacer
Son cœur se serrer
Ses veines grossir et exploser
Mourir comme une vieille mangouste à l'agonie
Comme un rat des champs
Ne pas avoir les armes cette fois-ci
D'un seul coup
D'une seule morsure
Tu le tuerais
TCHAK
Il n'aurait aucune chance.

Tous les jours, Ami Georges crachait son venin, vous accusant de tous les maux :

— Elle est trop faible pour vous le dire. Mais moi, je le sais ! La vérité, c'est qu'elle a honte de vous. Toi, Max, elle souffre de te voir vagabonder avec ces voyous à la Savane comme un bandit alors que je travaille dur pour vous payer un toit et de la nourriture. Et toi, Dina, tu passes ton temps avec ce chauffeur qui pourrait être ton grand-père, comme une traînée. Oui, une traînée ! Tu as bien entendu. Si tu veux tant voir Paris, tu n'as qu'à aller faire la putain à l'arrivée des avions. Et là, tu le trouveras ton Français qui t'emmènera en France.

Dans un coin, Ami Georges gueulait à Man Suzanne que « ce voyou n'aurait pas pu lui donner autre chose que des incapables ». Vous ridiculiser, vous humilier était une obsession chez lui. Il était fou, Ami Georges, pensait Max. Peut-être qu'il cherchait juste à se faire buter, *que vous lui défonciez la face* ?

Il n'y avait pas eu un moment de calme, de répit
Tu en avais toujours pris plein la gueule
sans raison.

Max et Dina ne s'étaient jamais posé autant de questions. Mais à force de l'entendre déblatérer son fiel, ils ressentaient le besoin de creuser, de comprendre les raisons de la haine, contre eux, contre Peter. Il y avait là quelque chose de grave et de secret. À Trénelle, tout le monde savait tout sur tout le monde, on aimait raconter des histoires, mais on avait toujours préféré gommer Peter des mémoires. Trénelle ne portait de lui plus aucune trace. Max se retrouvait bloqué entre la haine d'Ami Georges et ce squelette de père qui rôdait dans ses rêves. Ce squelette qu'on lui avait sorti de nulle part et qui boitillait depuis dans ses nuits.

Et Man Suzanne restait muette, illisible, close comme une porte de prison.

Max pensait à cette fiole de venin qu'il lui suffisait de subtiliser. Mais chaque jour, il se rétractait.

Il y avait réfléchi : il désirait cela, la pure et simple élimination, du plus profond de son âme. Il avait songé à faire appel au quimboiseur de Terres-Sainville, celui qu'on nommait « Grand Z'ongle », car il avait le petit doigt si long qu'il pouvait l'utiliser pour trancher la gorge de quiconque. Vite, un sortilège, un malheur, pour annuler cette vie.

Il se levait de bonne heure pour se rendre à sa cachette et passait sa haine sur des troncs de bambou, fort, fort, fort. Il les taillait de manière machinale, automatique. Oui, tailler du bambou en pointe. Ça, ça lui faisait du bien. La rage lui brûlait les entrailles. Grâce à Marraine Médouze, Max savait que les pousses contenaient une poudre mortelle dont la puissance rivalisait avec le poison des crochets de Tête-Vache-Qui-Rit. Des fléchettes minuscules, des hameçons, des *tites* lames qui allaient lui brûler la gorge. Ça s'accrocherait ensuite aux intestins et on ne pourrait rien faire pour les lui enlever. Max était sûr de son coup.

Ce matin, tu ne penses qu'à la sorcière Médouze, celle qui te montrait comment lutter contre le mal
Celle qui te parlait du mauvais œil
Si les adultes ne réagissent pas, peut-être que c'est à toi de tous vous délivrer du mal,
de stopper les coups, de protéger ta sœur, de sauver ta mère
À quoi servent les prières au juste ?
Que Tête-Vache-Qui-Rit l'enserre de ses anneaux, lui coupe la respiration, lui éclate les côtes
Que la Main Jaune l'étripe dans son sommeil
Que les blattes se retournent en masse contre lui dans un nuage noir
Le Mal contre le Mal
En même temps que tu coupes les bambous pour en retirer la poudre fatale,
les souvenirs des coups refont surface sur ta peau

De la première gifle jusqu'au dernier coup de ceinture
Sûrement hier
tu te rappelles chaque coup gravé sur ta peau fatiguée, jeune, mais déjà meurtrie
l'euphorie du drame à venir monte en toi
Le calvaire va finir
Combien de boucles de ceintures sur ton visage ?
Combien de coups violents dans le dos alors que tu regardais ailleurs ?
Pour toi et les autres
Interrompre le calvaire
Maintenant.

Mais Max revenait vite à la réalité. Il ne pouvait pas enlever son père à Marcelle, lui qui n'avait jamais connu le sien.

Alors que faire ? Partir peut-être. Le plus loin possible. Il n'y avait plus rien de bon ici. La rivière Madame n'avait plus le charme d'antan. Les enfants ne l'appelaient plus « *Riviè* Madame », mais « *Riviè* Caca ». Jour après jour, le cours d'eau devenait comme le Styx, un fleuve infernal où flottaient immondices en tous genres, vélos, animaux morts, bétail crevé. On balançait tout là-dedans, comme dans une gigantesque benne qui broyait les déchets dans ses torrents et les ramenait violemment à la mer. Max vit même un cadavre baigner dans la lueur orangée du matin. Il fallait partir. *Loin de Trénelle la violente, loin de ta maman adorée, de tes sœurs, de ton frère chéri.* Tout allait se passer ce soir. Alors que Man Suzanne et Marcelle feraient la vaisselle au bord de la rivière, Max irait discrètement chercher ses affaires dans la case *ton tee-shirt, ton pantalon, tes sandales, deux trois BD, ton sachet de billes, ton lance-pierres, ta réserve de mangos et ouste. Finalement, tu as toujours pensé que c'est Dina qui quitterait Trénelle, mais c'est toi qui seras le premier.* Dina serait *ta* complice désespérée, elle serait triste, mais elle comprendrait, puis *te* rejoindrait. Georges serait en train de boire au bar des Terres-Sainville, trop loin pour se rendre compte. Et puis de toute façon, il serait sûrement content d'apprendre la nouvelle de *ton* départ, ce serait toujours un bâtard en moins. Le plus important pour l'heure était de mettre un pied dehors, ouvrir la porte pour que tout le monde suive. Il n'oublierait pas de s'emparer du livre de magie noire d'Ami Georges, qu'il brûlerait sur la plage. Au feu ces maudites pages de sorcellerie conçues au Nord, là où les diablotins n'ont pas besoin de carnaval pour danser sur la plage, et que Georges gardait au chevet de son lit. Ce livre qui apprenait à faire le mal et chantait les louanges lugubres et sombres du châtiment. Avez-vous déjà dormi dans l'antre du diable ? En réduisant cet ouvrage en cendres, Max atténuerait ses souffrances et celles de sa famille. Brûler le livre, cautériser ses plaies.

Ce soir encore, le ballet des bêtes à feu était plus beau que jamais.

Trénelle n'était plus qu'une longue nuit sans fin.

Dans la case derrière

La lumière était encore très vive. Devant Dina gesticulait un vieux cabri qui jouait à se taquiner les cornettes contre l'arbre à pain et qui trottinait sur place comme s'il venait de découvrir l'usage de ses pattes avant. Elle était assise par terre dans la poussière, adossée contre la grande planche de tôle qui faisait l'entrée. Immobile, elle fixait l'horizon, projetant son regard le plus loin possible vers la mer à travers les vertes cimes.

Man Suzanne travaillait jusque très tard à l'Institut pour engranger des heures supplémentaires. Elle avait accepté un poste plus important, qui constituait à classer des dossiers sur cette maladie qui l'emportait. Attaquée par le cancer, puis par la tuberculose, elle avait quand même son bureau à elle. Les journées s'allongeaient et Man Suzanne passait moins de temps à Trénelle. Marcelle ne devait pas tarder à rentrer de l'école.

Toi ? Bonne question.

Dina, elle, vendait des *quénettes* au bord de la route chaude toute une bonne partie de la matinée, jusqu'à 15 heures tout au plus, puis rentrait à la maison. Seule. Et elle se posait là, devant la case, les genoux repliés sur le ventre, les mains jointes, le visage inquiet, les bras tremblotants. Les voisins passaient, repassaient, elle les saluait, en accompagnant parfois son sourire désincarné de quelques mots polis.

Elle savait exactement ce qui se jouait à l'intérieur. Cornée dans un coin, elle semblait vouloir se confondre avec le mur, dans cette pièce qui empesterait bientôt la sueur et l'épouvante. Avant de l'entendre, avec ses pas lourds, elle pouvait le sentir, l'anticiper, deviner les premiers mots qu'il prononcerait. Il ne tarderait pas à arriver. C'était son heure. Dehors, Dina ne criait pas. Elle ne donnait pas l'alerte, ne prévenait pas que le danger s'approchait, que la bête n'était plus très loin.

Non, elle restait immobile, ancrée au sol, attachée, pieds et mains liés, dans l'incapacité de faire quoi que ce soit. Car elle aurait pu courir jusqu'à la rivière, toujours tout droit, toujours toujours tout droit et s'y noyer.

Les voisins passaient et repassaient en toisant *ta* sœur, une belle enfant, mais « un *ti* brin malade ». Elle n'écoutait pas, elle se contentait de sourire. Elle ne réagissait pas non plus lorsque la silhouette d'Ami Georges apparaissait dans les rayons moins aveuglants de la fin du jour, avec son habituelle démarche de coq victorieux. Si, peut-être un tremblement, un sursaut, puis elle redevenait immobile. Il arrivait à sa hauteur, il lui mettait une main glaçante et dominatrice sur l'épaule avant de rentrer dans la case et détacher sa ceinture.

Dedans, Dina suffoquait. Elle redoutait ces moments. Les poings serrés et les membres crispés et endoloris, elle suppliait la Dina du dehors de rentrer en donnant un grand coup de pied dans la tôle, de faire tomber ce mensonge de bric et de broc, cette chapelle souillée dans laquelle le Christ n'avait jamais daigné jeter un œil, une case qui pouvait s'envoler comme toutes les autres si l'ouragan le décidait, mais dans laquelle se jouait chaque soir un spectacle de terreur. Encore et encore. Sans que personne n'y puisse faire quelque chose.

Dina priait tous les soirs pour que le soleil ne se lève pas pour lui, pour qu'il dorme à jamais. Et si Dieu ne voulait pas de lui, c'est elle qui pourrait bien se sacrifier pour en finir avec ces après-midi d'épouvante. Elle accepterait de rejoindre Claude, à condition de ne rien lui dire, car la honte était une maladie qui dévorait chaque parcelle de son corps. Ce corps qui ne lui appartenait plus, qu'elle avait cédé au diable sans que ce dernier lui demande son avis.

Fille du calvaire

Il n'exista rien de plus étrange que la Noël 1972, même si tout avait commencé comme d'ordinaire. Ça sentait la fête à plein nez. Max avait aidé Ami Georges à porter la branche de filao empotée jusqu'au milieu de la case. Il avait passé ses vêtements de messe, comme ses sœurs. Trénelle était assourdissante. On déambulait de case en case en tapant sur des bouteilles comme de coutume, bouteilles vides ou pleines. Chacun rentrait dans la case du voisin pour y déguster de la viande, un bon cochon de lait par-ci, un bon ragoût de porc par-là, que Man Suzanne et Marraine Cornélie remuaient par intermittence. Trénelle sentait le *mangé-péyi* de fête ; Max adorait cette douce odeur que l'on gardait dans les narines et sur ses vêtements, les petits pâtés salés *tu sais* tout juste sortis du four, au cochon, au poulet, à la morue *chiquetaillée*. Le ragoût de cochon aux oignons et aux cives. Les pois d'angole, les fritures d'igname et les bouillons de banane.

Cette année, Max eut le droit de tremper les lèvres dans le *shrub*, tandis que les autres compères plus âgés boissonnaient lourdement, les yeux rivés vers les étoiles. Vers 19 heures, il prit le chemin des Terres-Sainville avec les autres pour se rendre à la messe de Noël. Le rhum mêlé aux parfums d'orange et de cannelle frétillait encore sur sa langue. Sur le chemin, les casseroles résonnaient, on tapait sur les arbres avec les bouteilles en chantant les cantiques de *Nwel*. L'euphorie de Max faisait écho à celle de Dina, qui chantait à tue-tête *Allez mon voisin*, *Joseph mon cher fidèle*, *Le fils du Roi de gloire*, *Minuit, Chrétiens*, ou bien *Oh ! la bonne nouvelle*. Parfois, un « *Aïe* ! Sale bête » se dégageait de la clameur nocturne et, éclairé par les guirlandes, Untel pulvérisait bruyamment le dos jaune et calleux d'un crapaud-bœuf.

Trénelle résonnait si fort jusqu'à l'église.

Max n'aimait toujours pas la messe, mais celle de Noël portait il-était-vrai un peu de magie. Elle suivait un déroulé classique, des chants d'entrée jusqu'à l'eucharistie en passant par les lectures et l'homélie, mais tout était couvert d'une joie exceptionnelle et d'une odeur inexplicable. Saint-Antoine-de-Padoue était en fête et le curé partageait son sourire et sa bénédiction avec les descendus de Trénelle-Citron-Grosse-Roche et les autres *foyalais* des quartiers avoisinants. Les *gran moun* chantaient d'un côté, les *timoun* de l'autre. Les « grands enfants », tels Dina et Max, étaient rassemblés sur deux rangs. Marraine Cornélie et tous les cousins-cousines de Saint-Joseph étaient venus pour passer la Noël avec Man Suzanne, Ami Georges et les enfants.

Max faisait mine de chanter en entrouvrant les lèvres, mais ne se rappelait jamais les paroles. À côté, Dina n'était pas dans son état normal. Elle semblait prise dans une sorte de transe mystique. Max n'avait aucune raison de s'inquiéter, c'était même plutôt comique. Mais Dina commençait à baragouiner des mots étranges, une prière, elle s'agitait, elle avait eu une furieuse envie de se soulager la vessie, une impatience horriblement dissimulée. Les croyants autour d'elle commençaient à jeter des regards désapprobateurs, encore une mal élevée des collines. Man Suzanne et Ami Georges étaient beaucoup trop loin pour se rendre compte de quoi que ce soit. Le curé souhaitait son « Joyeux *Nwel* », entouré par les aidants, mains liées. Dina fixait la grande croix rousse au-dessus du chœur, les yeux ébahis, presque exorbités. Max tenta d'attraper la main de sa sœur qui se dégagea d'un coup sec. Il tentait d'écouter Missié-Le-Curé expliquer comment Dieu était descendu en sauveur pour aider les hommes. Lorsque le curé invita les fidèles à prier, la foule plongea dans un silence où seuls des éternuements et gazouillis de nourrissons résonnaient. Dina continuait de psalmodier, les yeux tantôt fermés, tantôt rivés à l'autel. Quelque chose ne tournait pas rond chez elle. Max ne l'avait pas vue boire, elle n'avait plongé ni dans le *shrub* ni dans le punch cacahuète. Elle se comportait comme une illuminée. Soudain, elle se figea. Max attrapa son poignet pour la faire réagir, en vain. Il lui tapota alors la cuisse.

— Dina, *eh*… Tu m'entends ?

Elle se tourna vers lui, le regard vide, mais ne répondit pas.

— Qu'est-ce qu'il t'arrive ? Tu veux sortir ?

Elle lui sourit, puis murmura :

— Non, non.

Max ne reconnaissait pas sa sœur. Inquiet, il se tourna vers Man Suzanne, mais celle-ci avait fermé les yeux pour mieux prier et se rapprocher du Seigneur.

*

Dina buvait. Elle ne prenait plus la peine de se cacher à l'ombre de l'arbre à pain. L'autre jour, elle avait franchi le seuil de la porte avec une flasque de rhum La Favorite à moitié vide et une tête de *manicou* pris dans les phares. Elle titubait, zigzaguait sur place en profanant le petit Jésus. Heureusement, Man Suzanne était de sortie. Ami Georges encore fourré on-ne-savait-où. Max eut le temps de la faire décuver un brin avant leur retour. Mais alors que l'alcool passait tout doucement, quelque chose restait bloqué en travers. Allongée sur le côté, Dina sanglotait, pleurait, inondait son matelas de lourdes larmes.

— Qui t'a fait du mal, Dina ?

*

Paris avait disparu de la tête de Dina. Elle ne lisait plus, ni ne dansait ni ne s'extasiait devant les photos de France Gall. Elle ne voyait plus le Chauffeur et Trénelle pensait y avoir trouvé la source de son état catastrophique. Un gros poil d'amour. Une tristesse infinie. Une détresse profonde. En même temps que le Chauffeur ne garait plus sa DS devant la maison, le rêve de devenir un jour « française de France » s'éloignait d'elle. *C'est d'abord ce que tu pensas être la source de sa folie naissante.*

*

Les semaines passaient et Dina restait sans vie. Impassible, raide, les bras collés aux flancs. Elle ne parlait plus. Elle avait perdu toute joie de vivre. Elle ne s'énervait plus, ne riait plus, ne sortait plus, même pour voir ses copines. Elle passait son temps sous ses draps et n'osait plus mettre le pied dehors. Man Cornélie lui apportait des infusions au thym ou au clou de girofle : Dina les laissait refroidir sans y toucher. Parfois, Man Suzanne voulait la secouer, mais elle n'en avait plus la force.

*

Ce n'est que deux mois après cette messe de Noël chaotique que Man Suzanne découvrit dans la case Ami Georges « au-dessus de Dina ».

Une fois de plus, les frontières du mal avaient été repoussées. Pour de bon, cette fois. Man Suzanne s'était effondrée sur le sol, elle hurlait, comme si elle était possédée.

Cette soirée fut la pire que Trénelle ait connue, une ébullition de malheurs, des vêtements arrachés, des coups, des corps mêlés, l'immonde parole qui se libérait chez les *gran* et les *timoun*. Toujours plus de cris et de pleurs. Man Suzanne tournoyait dans la case, tentant à la fois de combattre le diable et d'apaiser sa marmaille. À aucun voisin ne serait venue l'idée d'intervenir, de casser la spirale et d'aider la famille à interrompre le calvaire. Des femmes, des hommes s'approchaient, se tenant aux arbres, pour ne rien perdre de la scène – jusqu'au bout de la nuit.

Justice

Assis dans la cour intérieure du palais de justice de Fort-de-France, niché entre Perrinon, Schoelcher et Moreau-de-Jones, Max observait la bâtisse depuis le banc qui rôtissait à petit feu le dessous de ses cuisses. Il se laissait claquer tout le corps par le soleil et n'avait pas grand-chose à faire d'autre qu'attendre. Man Suzanne l'avait posté là en milieu de matinée comme un gamin de huit ans : « Tu t'occupes de ta sœur, fils. Dina et moi, nous revenons dans quelques heures », puis avait pénétré dans le palais en tenant sa fille aînée par l'épaule.

Devant lui se dressait la façade imposante du palais, ornée du drapeau bleu-blanc-rouge libre au vent et des mots **LIBERTÉ, ÉGALITÉ, FRATERNITÉ** ainsi que des six colonnes qui faisaient écho aux palmiers bordant les allées. Au centre de la cour trônait la statue poussiéreuse et noire de Schoelcher tenant la main à un petit bonhomme lui aussi un peu abîmé par les années. Sur son socle, Max lisait : *Nulle terre française ne peut plus porter d'esclaves*. Il s'était levé et faisait le tour des deux types de marbre en les examinant de près. Monsieur Foiret avait emmené la classe ici quelques années auparavant dans le cadre d'une leçon. Max traçait à présent de grandes traînées dans le sol poussiéreux autour de la statue. Pensif, il retourna poser ses fesses sur le banc brûlant en shootant dans quelques cailloux sur son passage.

La chaleur était folle, l'atmosphère lourde.

Sur l'un des murs du palais, une poignée de lézards anolis se prélassaient à la verticale, de leur vert émeraude traditionnel, tête en bas, prêts au moindre bruit à se réfugier vite-vite en se tordant dans la première fissure de pierre venue. Max les défiait, les fixait sans cligner les yeux et tâchait, comme eux, de rester immobile. Pour passer le temps, il arrêtait de respirer, durcissait les doigts, laissait les gouttes de sueur perler à ses tempes, glisser et frapper ses pupilles. La cour était tout à fait déserte. Rien à voir avec le carnaval d'il y a quelques semaines, où cette même cour, alors bondée, avait été souillée d'euphorie et d'alcool, et envahie par de faux juges et des semblants d'accusés à mort jouant des procès factices, munis d'une Bible ou d'un Code pénal aux couvertures pastel, courant partout le sourire aux lèvres ou la fausse mort dans l'âme.

Si on t'avait demandé ton avis, tu les aurais évidemment accompagnées à l'intérieur. Quelle idée de te faire attendre dehors comme un chien fè. *Ne pas savoir ce qui s'y joue t'est insupportable. Mais il faut que tu t'occupes de Marcelle. Parfois, tu lui en veux. Malgré toi. De ne pas être grande, de ne pas être autonome, de râler, de devoir être surveillée. Tu te surprends même à lui en vouloir d'exister !*

Mais ce genre de pensées nauséabondes, tu les refoules. Marcelle est ta petite sœur et tu la protégeras toujours. D'une part, elle n'a pas choisi d'être la petite fille chérie d'un descendant de Satan. De l'autre, elle est aussi la fille de ta maman chérie et elle a d'ailleurs hérité d'elle la force et la fierté.

Elle et sa poupée jouent dans l'herbe sèche de l'avant-cour. Un jeu un peu plus effréné qu'à l'ordinaire. Ses mains tremblotent, trahissent une angoisse latente.

Une enfant qui tente de ne pas couler avec les autres, de rester dans ce jardin suspendu où seule sa poupée compte.

Que fait-on à Dina ?

Pourquoi faut-il un procès, alors que tout le monde sait qu'il doit crever ou pourrir en prison ?

Chanceux étaient ces anolis qui pouvaient se plier en quatre pour disparaître dans la pierre du palais. Max fermait les yeux si fort qu'il devenait lui aussi un minuscule lézard, collé à la pierre chaude, la tête en bas, les doigts en forme de bulles agrippant le mur. Droit devant lui, un anoli le fixait en opérant de brefs mouvements de tête, ses yeux globuleux plongés dans les siens. Ils étaient si proches à présent que Max distinguait à merveille les petits points jaunes qui criblaient le vert puissant de son abdomen. Tout moucheron qui passerait par-là n'aurait aucune chance contre ton nouveau compère qui frénétiquement ouvrait et fermait la bouche comme s'il avait voulu mâcher tout l'air autour de lui. Tout était à présent possible. Curieux de voir ce qui se jouait à l'intérieur, Max enfonça une patte dans l'entaille de la roche, puis l'autre et entama prudemment l'exploration du conduit sombre qui le mena à l'intérieur du bâtiment. Une fois dedans, il se hissa jusqu'au plus haut lustre pour avoir une vue excellente du procès. Personne ne le remarquait. À gauche de la pièce, Dina, tête baissée, bras repliés sur sa robe jaune papaye, emplie de honte et vidée de la plus petite pensée heureuse. La pauvre, il y a quelques jours, l'avocat de la famille avait conseillé de lui faire trifouiller la fleur par un spécialiste pour prouver qu'elle avait bien été percée. Il ne fallait pas prouver qu'Ami Georges était coupable, mais que Dina n'était pas folle. Juste à côté d'elle, Man Suzanne, droite, mais pas raide, chignon bien haut, dévisageait Ami Georges, c'était assez rare pour le noter ici. Ce qu'elle voulait par-dessus tout, c'était casser le mariage, qu'il disparaisse à tout jamais. Mais avant, il fallait qu'il rende des comptes pour ses actes. Cet homme qui avait partagé sa couche pendant des années, qui avait trahi sa confiance tout entière, ce misérable type qui avait choisi de violer sa fille chérie. Mais comment avait-elle pu être aussi aveugle ? Comment avait-elle pu donner son cœur au diable et insérer son doigt dans un anneau d'or plaqué qui n'avait engendré que des années de souffrance ? Là, faible et malade, elle s'épuisait encore plus, jetait ses dernières forces dans la bataille. Et plus loin, Ami Georges fixait l'assemblée de son regard reptile, de ses yeux jaunes à peine repentis. Qu'il s'excuse celui-là avec ses grosses mains remplies de péchés. Cet héritier pourri de Satan.

Mais !
Tu déraillles ou quoi là ?
Il ose maintenant déplier son cou pour venir plonger son regard dans le tien
Ce regard du tout début de la première nuit
Lorsque, au milieu de la forêt, il était parvenu à se glisser jusqu'à la case
pour gâcher vos vies
L'une après l'autre
Que la Justice le tue sur-le-champ où c'est toi qui le feras, sans hésiter…
Qu'il se recule, ou tu vas porter ton coup de grâce.

— Max, je m'ennuie, dit Marcelle en le sortant de son songe. C'est bientôt fini ? C'est long… On ne fait rien ! Je n'aime pas attendre…

— Sois patiente.

— Tu dis ça depuis tout à l'heure.

Perdu dans ses pensées, Max avait presque oublié sa sœur, et elle commençait à trépigner d'impatience. Elle ne se rendait pas compte de la gravité du moment. Et puis, toute la famille la protégeait pour éviter qu'elle noie ses jeunes années dans son chagrin. Comment réagirait-elle si elle apprenait que son père était un violeur d'enfants ? Qu'il rendait visite à sa propre sœur quand ils avaient le dos tourné ? Peut-être qu'elle ne le saurait jamais.

En effet, Man Suzanne avait fait promettre à Max de ne rien révéler à Marcelle : « Elle est trop jeune pour comprendre. Il faut pas tout lui raconter, d'accord ? » Comme Man Suzanne avait demandé à Marraine Cornélie de la soutenir à la cour, Max restait responsable de sa sœur, le temps de quelques heures, de longues heures il est vrai, interminables. Ils étaient partis de bonne heure pour ne pas être en retard. Max avait très mal pris sa mise à l'écart. Lui aussi, il avait des choses à dire sur Ami Georges. C'était le moment de tout déballer, non ? Alors, pourquoi ne pas vider son sac une bonne fois pour toutes ? On raconte tout ? Les coups, les injures, les humiliations ? Ils n'avaient vraiment pas besoin de lui à l'intérieur ?

Bras croisés, regard-anolis, Max attendait patiemment qu'on lui dise que la vie ne serait plus jamais pareille.

Leçon de choses

LE *DORLIS*

Le dorlis *est une créature surnaturelle dans les croyances du quimbois des Antilles françaises. Il s'agit d'un esprit qui s'introduit dans les maisons la nuit et impose aux femmes et aux hommes des rapports sexuels pendant leur sommeil. Le mercredi 6 décembre 1978, France-Antilles évoque pour la première fois dans la presse française un « cambrioleur de haute volée et* dorlis *». Ce n'est que bien plus tard que tu comprendras que le* dorlis *est inventé par l'homme pour camoufler ses actes les plus terribles, passer une couche de romance et de magie sur le viol.*

Milans

— C'est Man Suzanne qui a voulu casser le mariage. Apparemment, le bougre s'est mal comporté. Mais elle devrait venir chez moi, celle-là ! C'est pas toujours tout beau tout rose non plus.

— De toute façon, elle n'a jamais su se satisfaire de ce qu'elle avait. *Bondié*, je la vois se plaindre toute la journée.

— Qu'elle vienne chez moi, on s'est marié en juillet avec Écto, à la fin de l'été, il avait déjà une fille *déwo* !

— C'est la vie. Aujourd'hui, les gens vont au procès pour un oui ou pour un non.

— Pourquoi ? Pour de l'argent. Parce que après si tu vas dire que ton mari a fait une faute grave, il va payer les pensions alimentaires.

— Oui. Il va payer. Mensuellement, même. Alors les gens le font pour cette raison. C'est mathématique.

— De toute façon, le *boug'* Georges là il a déjà retrouvé chaussure à son pied…

— Retrouvé ? Il a toujours été avec plusieurs filles aussi, hein. Il faut pas se tromper sur le gars.

— Oui, mais il a retrouvé une nouvelle chaussure pour aller à l'église.

À Trénelle, quand les voisins ne savent pas, ils inventent, affabulent et fantasment. Ils inventent et colportent des *milans.*

*

— Apparemment, *Missié té ka abizé di ti fiya* quand même hein, comment s'appelle-t-elle déjà ?

— Dina.

— Voilà, Dina. *Missié* Georges *té ka abizé d'ey.*

— Mais non, qui a dit ça ?

— Man Lisette *té di sa*. C'est la vérité.

— Mais non. Je ne vais pas contester qu'il y a pas eu de rapprochement entre *Missié* et *ti fiya*. Mais Dina, tu vois son attitude ? *Ou wé sa ?* Alors…

— Alors quoi ?

— Alors, elle y est peut-être aussi pour quelque chose parce que *mwen ni dé fi é ben tou lé dé ni lé-di-ka-sion* – j'ai deux filles et toutes les deux sont bien éduquées. Tu as vu comment la fille marche avec ses épaules au-dessus de sa tête ? Et après tout le monde s'étonne que son beau-père va la prendre pour une femme.

— Même la fille elle-même, elle aime les hommes plus âgés, toujours à traîner avec *euh*, comment s'appelle encore, *Missié* Fwansoi aussi, *Chauffè Sézè*. Tous les jours *zot ka roulé épi l'auto, zot ka pavané tout partout*. Voilà.

— Et les hommes ont des besoins quand même.

— Mais est-ce qu'on est sûrs que c'est *Missié* Georges qui l'a touchée ? C'est peut-être le *dorlis*. Ici, il y en a plusieurs. Un a été attrapé par la police. Quand ? Le mois dernier je crois. Y avait le *France-Antilles* qui avait affiché ça. Et les gens ont dit que y a plus dans le quartier. *Mé ni plizié* dorlis*, sé sa moun pa konpwann* – il y a plusieurs *dorlis* ! C'est ça que les gens ne comprennent pas.

— Oui, *mwen sav.*

— Au moins *twa ou kat* même ! Encore la semaine dernière, j'ai entendu une dame là-bas vers Grosse-Roche crier pour la même histoire.

— Moi, je pense que c'est *Missié* Georges quand même parce que l'homme aime toutes les femmes. Il faut voir comment le gars me faisait la cour quand même.

— Mais réfléchissez, pourquoi le monsieur va faire ça et risquer de perdre l'argent que madame a gagné de l'armée ? Je vous dis : *sé an dorlis ka fé sa !*

— Oui, tu as raison, c'est pas *Missié* Georges qui serait du genre à faire ce genre de choses.

— *Et ou sav sa.* Le *dorlis* rend visite aux jeunes filles qui ont l'âge de la fille de Man Suzanne. Tout le monde sait qu'il faut faire attention la nuit à ne pas attirer le démon. Tout le monde sait ça, hein. *Ti fille là sav sa non ?* Alors ce que je n'arrive pas à comprendre, c'est pourquoi elle va venir accuser *Missié* maintenant, alors que tout le monde sait qu'il faut poser une bassine d'eau sous le lit, on peut chasser *diab'* là directement !

— En tout cas, c'est probable que Man Suzanne invente pour se débarrasser de son mari. On a déjà vu ça *isit.* Ce ne serait pas la première fois. La vérité, c'est que Man Suzanne ne sait pas tenir son homme qui va coucher à droite à gauche. *I ni an lo poul* tout partout.

— Non, c'est pas *dorlis. Sé boug la manm.* C'est Ami Georges qui a fait ça. Mais quand vous réfléchissez correctement, il faut se demander pourquoi il a fait ça. Est-ce que la fille a pas créé des tentations aussi ? C'est-à-dire que, apparemment, *ti fiya ka trainé épi Missié pli agé* toute sa jeunesse, *té ka monté en l'auto a pour aller je-ne-sais-où proposé kokot'.* Donc c'est une fille pas éduquée qui a sans doute provoqué *Missié. Paské Missié* respectable quand même. C'est pas *an voyou* ou je-ne-sais-quoi.

Chacun avait sa version. Tout partout à Trénelle, on fantasmait cet être malfaisant qui se serait faufilé de nuit dans la case par le trou de la serrure, jusqu'à la couche de Dina pour lui enlever ce qu'elle avait réussi à conserver, malgré l'insistance de bon nombre de jeunes gars. Max n'avait jamais eu autant envie de *le* tuer. Ce n'était que le prolongement logique des actes malfaisants qu'ils avaient subis depuis qu'il était entré dans leur vie. Cet esprit malveillant dont tout le monde parlait désormais à Trénelle, c'était Lui. Aucun doute. Heureusement, le ventre de Dina n'avait pas développé d'embryon maudit et incestueux. Man Suzanne et Marraine Cornélie avaient prié pour que s'exorcise le jeune ventre de Dina et glissé un gobelet de sable marin sous son lit pour éloigner les mauvais esprits logés dans son corps. Marraine avait fait les cent pas autour de la case en mâchonnant des formules religieuses, des formules de quimbois, de sorcière.

Assis sur son rocher, devant la rivière, Max contemplait l'eau salie par les péchés de cet homme. Oui, il avait fait rouiller les rives de la Madame, jadis si pure, et souillé l'eau claire de péchés qu'aucune confesse ne pourrait jamais pardonner. Il était à l'image de ce que devenait la rivière, un torrent de merde et de cadavres.

La famille, amputée de son membre pourri, quitta Trénelle un matin de mai. Les voisins, compères, amourettes, doudous et commères étaient descendus sur les bords de la Rivière dans une dernière ronde bruyante, mais triste, un poil mêlée de soulagement. Plus que jamais, la case en fûts de pétrole, caisses de morue, bois-caisse et bois paraissait calamiteuse. À voix basse, on chuchotait que cette famille devait avoir été bénie par le Tout-Puissant pour ne pas avoir subi d'ouragan dans ce taudis. Ami Georges criait à l'abandon ! Il osait meugler partout que Dieu lui volait sa famille, qu'il avait toujours été un père exemplaire et que Man Suzanne avait vite fait de retourner la table et de filer avec ses enfants. Pour des raisons que Max ignorait, c'est eux qui partaient et c'est lui qui gardait la cabane près de la Rivière. L'accusé l'emportait. Max avait ramassé ses affaires de rage et tout foutu dans un sac-poubelle. Peut-être que se tirer une fois pour toutes était un mal pour un bien.

Caracas

Assis à l'arrière de la R12, coude à coude avec Dina, vous filez vers l'aéroport

L'air chaud et libre du ventre de l'île pénètre par les fenêtres et caresse ta joue.

L'auto conduite par Marraine Cornélie venait de quitter la nouvelle rocade qui cerclait Fort-de-France et séparait Trénelle des Terres-Sainville. La Renault cabossée laissait derrière elle l'en-ville à toute vitesse et rebondissait sur la route, un nid de poule après l'autre. Le silence régnait dans l'habitacle. Personne n'osait prononcer le moindre mot, on laissait tout l'espace aux artistes du hit-parade qui tentaient de sortir des notes dans le grésillement intense de la radio.

Depuis la banquette arrière, Max ne tarda pas à apercevoir les hauts palmiers avant l'aérogare, bâtiment rectangulaire d'un blanc éclatant, orné d'un drapeau bleu-blanc-rouge. À travers les brèches dans la clôture qui séparait la route du tarmac, il apercevait en flashs aveuglants les camions et grues immobiles autour de l'unique piste se jetant dans la baie. Il lançait des regards furtifs vers Dina. Aucune émotion ne se lisait sur son visage. Elle fixait l'extérieur, ses pupilles figées ne suivant aucune voiture, aucun arbre. Les poings serrés sur les cuisses, elle bougeait de manière frénétique, le pied droit croisé sur le gauche. De bonne heure, Man Suzanne lui avait fait revêtir sa robe préférée et empaqueté le reste de ses affaires dans un sac de voyage premier prix de chez Prisunic.

Dina avait perdu sa malice, sa joie de vivre, ses rêves. Elle avait tant rêvé ce moment où elle foulerait le sol de l'aérogare pour quitter l'île et s'échapper en France. Se projeter dans la baie des Flamands, faire une cabriole dans les airs et se pencher pour saluer la place de la Savane, survoler l'Atlantique sur des milliers de kilomètres, plonger les yeux dans le bleu, transpercer l'archipel des Açores, un bout du Portugal, de l'Espagne, puis débouler sur la côte française par les Pyrénées ou la Vendée et déjà entamer la descente vers Paris. Paris. Paris. Elle aurait mis cette même robe, celle dans laquelle elle se sentait belle, mais avec délectation. Pas comme ce matin où elle avait tendu les bras vers le haut, en attendant que Man Suzanne la lui enfile. Ce rêve de France n'était plus pour elle, Max n'était pas sûr qu'elle y pensait encore. Non, Dina ne se serait jamais doutée que la première fois qu'elle foulerait le tarmac, ce serait pour embarquer dans un vol direction Caracas, Venezuela. Une cousine de Marraine allait l'accueillir là-bas et la faire travailler comme femme de ménage chez un riche propriétaire créole. « Caracas » ne sonnait pas comme une bonne solution, mais personne n'avait consulté Dina.

Man Suzanne tentait de remplir l'habitacle de la Renault en rabâchant des mots rassurants, afin de se convaincre elle-même qu'elle n'envoyait pas sa fille au bagne :

— Il faut pas que tu t'inquiètes, Dina. Caracas, c'est un peu comme Paris, tu sais. Il y a des grandes avenues bordées d'arbres, des bâtiments si hauts qu'on ne peut en voir le sommet, des boutiques aux vitrines colorées et grandioses, des voitures impressionnantes. C'est incroyable, Caracas ! L'Amérique, hein Dina ? C'est une ville moderne. Dynamique. Riche. Et puis, il y a beaucoup de Créoles là-bas, tu verras. Tu vas te faire plein de nouveaux amis. Marraine a dit qu'on y parle français dans certains restaurants. Tu vas pas être déboussolée comme ça. On ne t'aurait pas envoyée là-bas si je n'étais pas sûre que tu y recevras un bel accueil. Tu te souviens de quoi faire quand tu sors de l'avion ? Quand tu arrives, tu retrouves Man Élise qui va avoir une pancarte à ton nom, d'accord ?

Dina ne disait rien, ou seulement « oui » et « d'accord » lorsque Man Suzanne la sommait de répondre. Quand le chauffeur s'arrêta devant le terminal, Max sentit qu'on lui coupait une jambe. Tout devenait réel. Les larmes montèrent d'un coup et quelque chose lui transperça le ventre pour agripper son cœur. Après son frère, on lui enlevait sa sœur ? Il ne savait même pas où se trouvait le Venezuela. Pourquoi l'envoyer là-bas ? Qu'avait-elle à y faire ? Ses mains devenaient moites. Dina, ébahie, tournait le dos à l'aéroport pendant que Max sortait son sac du coffre. Un tas de gens s'affairaient. Par pudeur, il embrassa sa sœur furtivement et remonta aussitôt dans la voiture pour ne pas montrer les larmes qui s'accumulaient sous ses paupières.

Dans la chaleur du matin qui rendait l'horizon bitumeux instable et tremblant, Man Suzanne enlaça Dina, en priant fort pour que leurs routes se recroisent bientôt. Max était sous le choc. Son billet dans la main gauche, son sac dans l'autre, Dina s'éloigna vers les contrôles bagages et l'Amérique du Sud, avec des plaies rouge vif qu'on lui demandait de cautériser ailleurs. Man Suzanne n'aurait pas su comment la protéger contre Prédateur Georges et les autres compères qui à tour de rôle pouvaient le devenir.

« La Vallée des tourments », Max repensait à la couverture d'un *Rahan* qui représentait un énorme boa colosse enroulant-serrant de robustes anneaux autour du héros qui contractait les muscles pour ne pas se faire broyer et pointait son coutelas vers la gueule de l'animal. Envoyer Dina loin des anneaux du boa était un geste d'impuissance. Max ne comprenait pas cette décision. Quand un *gri-gri* tombe du nid, on essaie de l'y remettre, on ne l'envoie pas à des milliers de kilomètres pour se soigner seul. Encore un conseil de Marraine Cornélie, la venimeuse.

Après Claude, on t'enlève Dina
C'est tout ce que tu retiens.

Après le départ de Dina, Max se permit de demander « Pourquoi ? »

— Elle sera mieux là-bas. Tu sais comment sont les gens. C'est suffisamment difficile pour ta sœur, il faut comprendre qu'elle est très honteuse et qu'elle n'a pas envie de subir les regards. Les gens disent n'importe quoi. Ils inventent des histoires pour se faire peur, pour se sentir vibrer. C'est pas la réalité. Du premier jour que j'ai habité à Trénelle, j'ai vu qu'il y avait deux jugements. Celui de l'en-ville et celui que les habitants te réservent après. À Caracas, ce sera un nouveau départ. Tu comprends ? Personne ne la jugera. J'espère qu'elle va vite oublier et qu'elle nous reviendra joyeuse. Ce n'est pas définitif.

Mais que croyez-vous ? Man Suzanne sentit la douleur électrique, le grand désespoir lorsqu'on s'arrache à un enfant. Les marmonnages de Marraine trouvèrent écho dans son oreille et elle pensait sincèrement que diluer l'affaire dans un verre de rhum pur vaudrait toujours mieux que de laver son linge sale en public. La vérité, c'est qu'au moment de prendre sa décision, elle la regrettait déjà.

Quelques semaines plus tôt, sur le chemin de l'Institut, Man Suzanne avait fait un crochet par la bibliothèque Schoelcher, dont l'énorme carcasse métallique surmontée d'une coupole de verre, enrobée de mosaïques colorées, trônait devant la Savane. Elle ne lisait pas bien et n'aurait jamais eu l'idée de passer les grandes portes si ce n'est pour y chercher quelque chose de vital. Max avait remarqué le trac qui s'était emparé de sa mère : « Va voir à l'intérieur si on peut entrer, passe devant. » Max s'était exécuté en éclaireur, suivi d'une Man Suzanne tâtonnante. À l'intérieur régnait un silence d'avant-messe.

— Max, va demander à la dame là-bas si on peut voir le Viniziela, dit Man Suzanne en pointant du doigt un bureau derrière lequel lisait une jeune femme blanche d'une trentaine d'années. Sans poser les mille questions qui lui vinrent à l'esprit, Max s'était exécuté.

— Bonjour Madame, je suis avec ma maman et nous cherchons à voir où se situe le *Viniziela*, s'il vous plaît.

— Le Venezuela ? Sur une carte, par exemple ? avait-elle dit en retirant ses lunettes. Attendez.

La dame avait traversé la salle principale de lecture, puis avait tourné entre deux rangées de livres de toutes tailles et couleurs. Man Suzanne et Max la suivirent de près, elle avait l'air d'essayer de les semer entre les ouvrages. « Voilà, regardez. » Elle tendit le doigt vers l'un des murs blancs où était accrochée, monumentale, une *CARTE DES GRANDES ET PETITES ANTILLES dressée par A. Vuillemin*, sous le titre, *Les Colonies européennes indiquées par ces signes : A… Angleterre F… France E… Espagne D… Danemark H… Hollande S… Suède…* Sur celle-ci, les pays et régions se détachaient en couleurs vives et pastel.

Man Suzanne et Max restèrent assis en tailleur à contempler les mille et une îles qui entouraient la Martinique. Tout au nord, le golfe du Mexique caressait la Floride d'où partaient les archipels rectilignes des Keys et des Bahamas. Au large, les grands bancs de poissons et le triangle des Bermudes. En gras, l'**OCÉAN ATLANTIQUE** coupait la ligne du tropique du Cancer et l'archipel des Lucayes et des Bahamas. Plus bas, les énormes Cuba, Haïti et Puerto Rico dans l'enfilade des débouquements de Saint-Domingue, et plus à l'ouest les îles Vierges. Au-dessous, la Jamaïque, isolée et mystérieuse. Sur le coin droit de la carte, les Petites Antilles et la Martinique, coincée entre la Dominique et Sainte-Lucie. Elle paraissait minuscule au milieu de toutes les autres – Redonda, Galante, Isla de Aves, Bequia, Sombrero, Moustique, Saba, Saint-Eustache, Union et tous ces autres noms qui ne faisaient qu'attiser les envies de voyage de Max. La Martinique était différente des autres, elle avait une forme bizarre, une forme de pâte à acras coulante avant la baignée dans l'huile, ou bien celle d'un cachalot, gros crâne et nageoire caudale.

Au bas de la carte, dans le coin gauche, le *Viniziela* dévoilait un bout de son littoral. Man Suzanne fut prise d'un violent vertige à la vue de ce pays énorme, pris en étau entre la Colombie et le Brésil. Elle priait pour que Dina ne n'y sente pas perdue. Avec leurs doigts, Man Suzanne et Max comptèrent les îles qui séparaient la Martinique de Caracas.

Chaque fois que Max eut l'impression que Dina était seule et que le *Viniziela* finirait par l'engloutir, il plongeait ses yeux dans ceux de Man Suzanne.

Bellevue

Après le jugement, il avait été conclu qu'Ami Georges garde Trénelle. Pour Man Suzanne, il était hors de question de rester dans les parages. Il fallait déguerpir. Ce lieu, qui avait porté un jour l'espoir d'une vie heureuse, était dorénavant entaché de trop de péchés. Devant ses enfants, un rocher, un morne, l'équilibre, la force. Mais à l'intérieur, elle était blessée, meurtrie, inconsolable. Elle s'était trompée. À présent, tout reposait sur sa marmaille, elle allait les pousser en dehors de Trénelle, les faire dégringoler de la colline.

Contrairement aux commérages, Man Suzanne n'avait pas dilapidé de manière égoïste les 7 millions de francs que l'État avait déboursés pour se faire pardonner la fauche de Claude.

Sans rien dire à personne, elle avait acquis une maison. Bien avant que Georges ou les requins-bouledogues de la famille n'essaient de déchiqueter la somme de son immense peine. Bellevue, à l'autre extrémité de Fort-de-France, était un quartier côtier, urbain, caraïbe. Man Suzanne n'avait jamais chômé de sa vie, ce n'était pas pour que sa marmaille finisse sur le trottoir à subir déluges, pluies diluviennes et rayons suffocants. Ses enfants auraient un toit, même après sa disparition.

Lors de la première visite officielle, Max resta bouche bée. Une clôture encadrait la maison ! Une cour avant ! Un jardin arrière ! Un grand arbre à pain rien qu'à eux ! Des W.-C. comme à l'Institut ! Fini la toilette dans la rivière. De vrais murs ! Deux vraies chambres ! Une pour Man Suzanne et une pour Marcelle et lui. Max n'en revenait pas.

À Bellevue, toutes les rues menaient à la mer, par la pointe de la Vierge-Texaco ou la pointe Simon. On pouvait marcher jusqu'à l'en-ville et aux embarcadères en traversant le pont de Bô Kannal qui permettait aux pêcheurs d'accéder au marché. Les alizés poussaient sur *tes* joues des gouttelettes salées au goût d'ailleurs. Jusqu'à la ligne d'horizon, des milliers d'embarcations de différentes tailles, des paquebots de croisière aux frêles canots de pêcheurs, en mouvement ou cramponnés sur la surface de l'eau. Max les regardait disparaître dans la brume du matin ou s'enfoncer dans le canal Levassor. L'air était plus respirable à Bellevue, l'odeur marine. La mer était calme bien qu'elle soit parfois dérangée par de forts vents.

Dans cette maison que ni Max ni Marcelle n'auraient pu envisager, même dans leurs rêves les plus fous, Man Suzanne passait le plus clair de son temps, alitée dans l'obscurité ou à se balancer sur la dodine de la terrasse aux heures les plus fraîches de la journée.

— Je suis fatiguée. Demande à Marraine, disait-elle.

Marraine Cornélie habitait presque avec eux désormais. Située dans la rue Frantz-Fanon, la maison de Bellevue était si proche de l'église du même nom que Marraine se signait presque chaque fois qu'elle passait le pas de la porte. À chacune de ses visites, elle s'extasiait :

— Ça ne peut être qu'une bonne chose que tes enfants se rapprochent du bon Dieu. Ils sont gentils tes enfants, mais ils manquent encore d'éducation.

Et comme bien souvent, on parle de vous devant vous
Mais interdiction de répondre.

Que pourrait-il arriver ici ? Depuis la fenêtre de la chambre, Max apercevait le clocher de l'église que les rayons du soleil venaient arroser de lumière au petit matin. Le dimanche, vite, ils s'habillaient, ils étaient en retard pour le début de la messe. Max entendait les enfants de chœur et les sons amples de l'orgue.

Marraine Cornélie tenta de terminer leur éducation religieuse et, tout doucement, à la lueur de la bougie, elle leur rappelait les serments de sainte Marguerite-Madeleine, l'entraîneuse de joie, pour les baigner dans l'Adoration. Marraine Cornélie n'avait jamais pris autant de place : un caillou dans un soulier. Pour Max, cette tutelle n'avait aucun sens. Cornélie les réveillait aux aurores pour récurer les W.-C., arroser les plantes, passer le balai à l'intérieur ou sur la terrasse. Elle répétait à l'envi à Man Suzanne qu'elle voulait parfaire leur éducation et qu'elle ne comptait pas manquer à son devoir. Après l'école, elle était là, à la grille, pour raccompagner Marcelle et la détourner de toute distraction. Elle était là lorsque Max rentrait tard, elle le réprimandait sur son heure de coucher. Elle bourdonnait aussi qu'Ami Georges n'avait pas que du mauvais.

— Heureusement qu'il y avait un homme à la maison. C'est important pour l'éducation des enfants. La femme ne peut pas tout faire tout le temps. Moi, j'ai jamais eu besoin d'homme parce que j'ai jamais eu de marmaille. Mais aussitôt que tu as un enfant, l'homme c'est bien pour maintenir l'ordre. Il faut de l'autorité dans le foyer. Je dis toujours qu'il faut une autorité dans un foyer sinon ça ne tient pas. De l'ordre. Aussi pour protéger l'enfant ! S'il arrive quelque chose, c'est la femme qui va protéger l'enfant ? Qui vous aurait protégés, vous, sinon ? Pas votre père en tout cas. Alors moi, je dis qu'il y avait Georges, heureusement. Il a accepté de prendre soin de vous. Il n'était pas obligé. Il a sacrifié beaucoup de choses pour vous. Et vous n'avez pas toujours été tendres. Surtout toi, Max. Vous avez été turbulents, agités. Mauvais en classe.

— Tu ne sais pas tout, chuchota Max.

Il ne savait pas s'il l'avait pensé ou s'il venait vraiment de répondre à Marraine Cornélie.

— Pardon ? Tu te crois malin ? Et tu me réponds par-dessus le marché ?

— Pardon, j'ai pensé tout haut.

— Je ne te demande pas de penser. Seulement de m'écouter. Tu vois comment tu es difficile ? *Aïe, bondié.* Man Suzanne t'aime, mais tu lui donnes du fil à retordre.

— Quand maman a quelque chose à me dire, elle me le dit. Je n'ai pas besoin que tu fasses l'intermédiaire.

Les yeux de Cornélie avaient soudainement doublé de volume et à présent rétrécissaient, doucement, jusqu'à devenir deux fines fentes. Elle scrutait Max comme pour lui jeter un sort. Allez, à quoi bon ? Il n'avait plus l'âge de faire des courbettes. Il n'en avait plus grand-chose à faire de mettre Marraine en rogne. Ça suffisait, le dressage était terminé. Ils en avaient assez bavé. Ils s'étaient débarrassé d'Ami Georges, ce n'était pas pour se laisser dominer à nouveau. Fini le temps des coups de ceinture, de martinet, de câble électrique. Il répondrait aux adultes s'il voulait, il la regarderait dans le blanc des yeux si ça lui faisait plaisir. Qu'elle essaie seulement de lever la main sur lui, celle-là.

Pendant de trop long mois, Max tenta d'esquiver les tentacules bibliques que faisait tournoyer Cornélie autour de lui.

Tant mieux si le Seigneur est bon avec tous les autres,
mais il ne l'a jamais vraiment été avec toi
Qu'elle arrête de vous bassiner avec l'église et la messe
Qu'est-ce que ça t'a apporté ?
Vaines prières
Son Seigneur est incapable de prévenir l'innommable, le pire chez les hommes.

Puisque Max ne se sentait pas chez lui à la maison, il fuyait. Il fuyait les remontrances, les *tu-dois-faire-ci-et-ça*, il en avait marre de ces personnes qui prétendaient vouloir son bien, faisaient des courbettes devant les bancs de l'église, tout ça pour dire du mal *de toi* une fois le dos tourné. Il savait ce que les gens disaient de Dina l'aguicheuse, de Marcelle « la fille de », de Max le sauvage.

Il mourait d'envie de parler à sa mère, mais il y renonçait de peur de l'affaiblir. Il ne voulait pas lui rajouter une couche d'emmerdes. Elle était si faible, dans cette chambre sombre dont les volets en bois laissaient parfois passer la lune.

Man Suzanne te manque déjà
Assis sur ta chaise en bois,
tu ne peux rien faire d'autre que la regarder souffrir en silence
Parfois elle dort
Parfois elle grimace.

C'était jeune, quarante-six ans. Jeune, magnifique, les yeux verts toujours éclatants, mais désormais très malade. Max ne pouvait que constater que la vie la quittait peu à peu. Il lui parlait, la baignait de paroles, qu'elle quitte la terre avec l'amour qu'elle méritait. Marraine Cornélie cherchait au fond de son sac des bouts de mots d'espoir. Des lointains cousins de Saint-Joseph, du Vauclin, de Morne-Rouge surgissaient de nulle part pour la voir, le visage fermé et impuissant. Les voisins lançaient des regards de pitié, cuisinaient des bouillons de poule, des *migans* fruit-à-pain, des centaines de réchauffe-cœurs. Partout à Trénelle, on parlait des Colbert et de la malédiction qui poursuivait leur famille de Trénelle à Bellevue.

— Il faut que tu ailles à l'hôpital, Suzanne, conseillait Marraine Cornélie.

— Non, je ne laisse pas mes enfants.

— Je peux m'en occuper, de tes enfants. Comme s'ils étaient les miens. Je te promets.

Mais Man Suzanne avait déjà pris sa décision, elle se battrait jusqu'au bout. Personne ne l'enlèverait à ses enfants. Si elle devait mourir, ce serait dans cette maison, entourée des siens.

Les portes du tribunal viennent à peine de se refermer
que celles du paradis sont déjà grandes ouvertes.

Ami Georges

Man Suzanne tenait à ce que Marcelle ne voie pas le monstre qu'était son père. Marcelle garda en effet l'image d'un père assez dur, très strict, d'un mari certes volage, à l'éthique fluctuante. Elle aussi avait vu ses parents se déchirer durant des années. Chacun avait des différends, sa version de l'histoire.

Comme dans beaucoup de familles dont les parents étaient séparés, elle s'habituait à vivre avec Man Suzanne et rendait régulièrement visite à Ami Georges. Man Suzanne ne lui interdisait pas de se rendre à Trénelle. La seule condition était qu'elle ne voulait pas de nouvelles. Qu'il aille bien ou mal. C'était le père de sa fille, mais il était mort dans son cœur. Marcelle était mal à l'aise à l'idée de quitter Bellevue, elle avait l'impression de trahir sa mère. Man Suzanne tentait de la rassurer, mais chaque fois qu'elle passait le pas de la porte, l'inquiétude l'envahissait. La savoir à la merci d'un tel être sans être en mesure de s'interposer était une douleur et une angoisse constantes.

Max voyait sa sœur concocter des paniers-surprises à Ami Georges et se répétait silencieusement que ce dernier ne méritait pas cet amour. Pour lui, Ami Georges n'était plus qu'un lointain souvenir, une bête solitaire, boucanée sur le sol brûlant, dévorée par les chauves-souris et les ratons, il agonisait, transpercé par la douleur de ses propres péchés. Marcelle constituait un pont invisible entre Trénelle et Bellevue. Tout aurait pu s'arrêter net, à jamais. Mais Marcelle ouvrait la porte, fermait la porte, la rouvrait, la refermait, toutes les semaines. Le vent s'engouffrait toujours un peu plus fort pour effleurer leurs plaies béantes.

Jusqu'à un matin de juillet.

Marcelle s'approcha de la table du séjour et coupa une part généreuse dans un flan coco fraîchement préparé. Elle le glissa dans un sac avec un fruit, courut mettre ses souliers, enrobée dans une odeur de caramel, fit une bise à Man Suzanne et se dirigea vers l'entrée.

Elle n'eut même pas le temps d'attraper la poignée qu'on tapa à la porte. Lorsqu'elle ouvrit, Ami Georges s'avança :

— Bonjour, ma fille.

— Pa... Papa ? Qu'est-ce que tu fais là ? Tu ne dois pas être là ! Tu ne peux pas rentrer ! dit Marcelle, tremblante, en tenant la porte des deux mains.

— Man Suzanne est là ? Je rentre quelques secondes, il pleut des cordes.

Dans le jardin, Max lâcha la bêche qui lui servait à déterrer des racines pour le déjeuner. Il n'en revenait pas. Comment osait-il se pointer ici ? Les cernes profonds, le teint blafard, la mine bouffie par le rhum. Il prit son courage à deux mains et rentra dans la maison, les poings serrés.

— Bonjour, Max.

— Bonjour, Georges. Je peux t'aider ? demanda Max en fusillant du regard sa sœur, qu'il tenait plus ou moins responsable de cette visite nauséabonde.

— Papa, tu ne peux pas rester ici, répéta Marcelle.

— Ma *fi*, c'est toujours toi qui te déplaces pour ton père, je me suis dit que j'allais venir te voir cette fois-ci. Tu es si gentille !

Il s'arrêta, scruta la pièce, avant de poursuivre :

— Man Suzanne est là ? dit-il avec un grand sourire, en ignorant Max.

Reniflant à distance la catastrophe, Man Suzanne demanda aux enfants de laisser Ami Georges rester dans la maison. Elle voulait absolument éviter tout drame.

Sous prétexte de rendre visite à sa fille, Ami Georges s'octroya le droit de passer la porte de Bellevue lorsque ça lui chantait, avec une audace grotesque. Dans ces moments-là, Max oscillait entre le temps *timoun* et l'homme qu'il était devenu, capable de lui tenir tête et de l'anéantir d'un coup au crâne. Ami Georges pénétrait dans la maison comme un coq avec des intentions imprécises et l'envie de reconquérir le terrain. Le chapeau dans le dos, il tournait comme un chien *fè* pissant sur son territoire. Il discutait avec Marcelle. Elle lui racontait ses journées, le dernier bon point obtenu à l'école. Puis elle passait une casserole sous l'eau et préparait un bouillon. Ami Georges s'accoudait à la grande table et s'envoyait frénétiquement des noix de cajou et des pistaches qu'il avait trouvées dans le placard.

— Tu me manques, ma fille. Il faudrait qu'on passe plus de temps ensemble. Je peux revenir demain par exemple.

De sa chambre, Man Suzanne écoutait son manège. Les bruits de pas se rapprochaient. Ami Georges passait une tête pour lui faire la cour et lui proposer de mettre une pommade sur le temps d'avant. Man Suzanne était trop faible pour le chasser, il continuait sa honteuse sérénade :

— Reprends-moi, Suzanne. Cette maison est trop grande. Je peux revenir et aider. Tu n'en as pas envie ? Tu sais que ma fille a besoin de moi ? Je n'ai pas eu beaucoup d'enfants, pourquoi tu ne veux pas que je m'occupe de Marcelle ? Elle me le dit. Elle a besoin de moi. Et où est ton fils ? Encore dehors à vagabonder ? Tu dois récupérer un homme ici.

Man Suzanne ne répondait rien. Il continuait à s'enfoncer plus bas que terre :

— Plus personne ne veut de moi alors ? Très bien. Si tu ne me retiens pas tout de suite, je ne reviendrai plus jamais. Je vais partir pour de bon. Attention, Suzanne, jamais c'est jamais ! C'est fini. Tu veux que je te dise adieu ? Je n'ai plus rien à perdre. Je ne peux pas vivre si je ne te vois pas et si je suis loin de Marcelle. Ça ne te fait rien ? Et Max ? Au fond, je l'aime bien ce garnement. Je vais aller me jeter dans la mer. Ou me tirer une balle dans la tête. C'est facile à trouver ça à l'en-ville.

Lorsque Ami Georges quittait Bellevue, il laissait Man Suzanne effondrée, dans un tourment gigantesque et une vive odeur de rhum. Elle mijotait une haine pour elle-même encore plus forte, comment avait-elle pu laisser entrer cet homme dans sa vie ? C'était le prix à payer pour Marcelle. À la vue de sa fille chérie, elle trouvait un peu de paix. Oui. Il y avait eu du bon dans cette histoire, elle aimait sa petite fille plus que tout.

Les visites d'Ami Georges s'espacèrent.

Ce que savait Cornélie

Plus qu'une cousine, Marraine Cornélie était la confidente de Man Suzanne. Petit, Max pensait même qu'elle avait le don de se dédoubler, tant elle était omniprésente.

La vieille était immobile sur son fauteuil en osier. Merveilleuse occasion de lui tirer les vers du nez. Elle fixait Max de ses grands yeux verts, vitreux et froids. Un regard de serpent qui *te glace, te réduit à moins que rien*. Au fond, il savait qu'elle savait. Qu'elle mentait par omission. Marraine Cornélie savait. Bien sûr. Elle se balançait sur sa dodine. L'atmosphère était pesante. Elle se leva lentement en poussant un soupir, éclata un moustique qui volait en escalier vers sa cuisse et pénétra dans la cuisine. Elle revint cinq minutes après avec une tisane au thym que ses doigts calleux étaient habitués à tenir brûlante. Au plafond, le ventilateur tournicotait bruyamment. Cornélie *te* fixait. *Elle savait que tu la défiais.* Comme le fer de lance devant sa proie, elle ne *te* quittait pas du regard. Elle *te* montrait qu'elle *te* dominait, qu'elle *te* méprisait, qu'elle pouvait faire de *toi* ce qu'elle voulait. Max attendait, transpercé par mille et une pensées contraires. En temps normal, Cornélie aurait pu lui envoyer une calotte aller-retour pour sanctionner l'affront, mais il s'agissait d'autre chose ici. Elle n'était pas habituée à ce qu'on lui tienne tête.

Tu veux la secouer jusqu'à ce que tombe la vérité
La provoquer
Dois-tu attendre qu'elle parle la première ?
La menacer
La secouer encore
Tu ne peux plus te lever et partir
La supplier ?
Invoquer son Dieu et parler en son nom ?
La faire chanter ? Bluffer ?

Max se gonfla de courage pour affronter Cornélie dans les yeux où trônait une autorité naturelle.

— Elle est où Marcelle ? dit-elle.

Il n'y avait rien de plus stupide à dire à ce moment-là. Max était venu pour en découdre, pas pour parler banalités.

— Je ne sais pas.

— Tu sais pas où est ta petite sœur, Max ? Il faut faire attention avec elle. Elle sait toujours tout sur tout. Elle prend soin de Man Suzanne, mais elle s'y prend mal. Elle devrait me laisser faire. Je la connais mieux que personne mon Euzane.

— Et Dina, elle est où ?

Encore une stupidité. Elle poursuivit.

— *Ou pa sav* ? C'est toi l'homme de la famille maintenant, il faut prendre soin de tes sœurs. Ta sœur-là, je me suis occupée d'elle. Je l'ai envoyé au *Viniziela* parce que je ne voulais pas qu'elle tombe aux mains de gens mal intentionnés ici. Elle a jamais donné de nouvelles. Pas envoyé une lettre. Elle a toujours été ingrate, celle-là. Le menton trop haut. Heureusement que je connais les gens qui l'ont accueillie là-bas, ils me donnent des nouvelles. Tu éduques des enfants et ils t'oublient. Max, je voulais te dire aussi, tu peux pas rester comme ça. Tu profites que ta mère vit dans le noir pour ne pas te raser, laisser pousser tout ce qui peut pousser. Tu vas plus à l'église. Je vois, *hein*. Et tu as de mauvaises fréquentations, très mauvaises. Je n'ai pas besoin de me déplacer en ville pour voir ce que tu y fais. Tu t'habilles comme les clochards de Fort-de-France.

Max écoutait la vieille buse le conspuer, le vomir. Il n'entendait pas, il continua de plonger dans son regard, car la vérité se trouvait à l'intérieur. Il ne clignait pas des yeux. Il voulait la déstabiliser. La vieille ne laissait rien transparaître. Max n'apercevait dans son regard que ce qu'il savait déjà : Marraine Cornélie avec sa cousine préférée, Man Suzanne, sa confidente, sa partenaire de messe, la marraine de ses enfants. Elle avait sans doute vu Peter se rapprocher de Man Suzanne et lui faire deux enfants à la fin des années 1960. Dina puis Max. C'était une qui-sait-tout-qui-gère-tout. Lorsqu'elle ne se terrait pas dans son silence, elle pataugeait dans un bouillon frémissant de mensonges et d'approximations maladroites :

— Ah non, j'ai pas connu ton père. Un *ti* peu comme ça je l'ai croisé mais sans plus. Je connais pas, non. Tout ça c'est *antan lontan*. Man Suzanne, elle fermait la porte aux garçons, mais quand elle aimait bien, alors là, elle mettait la charrue avant les bœufs et s'empressait de parler mariage et marmaille, disait-elle. Et puis pourquoi tu m'embêtes encore avec ça ? Tu me casses les pieds. Moi non plus, je connais pas mon père. Et alors ? J'ai manqué de quelque chose ? Tu as manqué de quelque chose ? Ta maman s'est occupée de toi, non ? Et Georges, c'était pas un père ? À Saint-Joseph, personne sait qui est le père de qui. Les Charles, les Médon, les Cardinal. Tout ça, c'est mélangé. C'est pas comme dans les films. Par exemple, moi-même, mes parents ils se sont pas connus ils sont pas restés ensemble c'est tout, c'est comme ça. Pourquoi je vais chercher quelqu'un qui n'a pas voulu de moi ? Si l'homme de la famille n'est pas là, c'est qu'il préfère être ailleurs, c'est ça que je dis. C'est comme ça qu'il faut voir les choses. Quand tu étais tout petit, tu as grandi dans une maison avec ton frère et tes sœurs, chez Man Médouze, combien d'hommes il y avait à la maison ? Zéro !

Marraine Cornélie superposait les histoires comme des livres pour mettre celle de Peter en bas de la pile, l'étouffer, la cacher. *Tu vois clair dans son manège. Puis vous passiez à table. Encore plus proches l'un de l'autre. Elle, plus immobile qu'un anolis.*

— Une fois, j'ai vu deux messieurs qui ont débarqué à Saint-Joseph, près de mon épicerie, ici même. Aujourd'hui, j'ai donné l'épicerie aux Charles, mais avant c'est moi qui était dedans. Les deux messieurs, il sont arrivés et puis ils m'ont demandé après le même fils. Ils se sont battus pour savoir à qui était *timoun*. La pauv' Man Surenette elle ne savait plus où donner de la tête. Tiens, mange ! conclut-elle d'un ton sec en plongeant une grosse louche en bois dans le riz aux légumes.

Elle mangeait lèvres ouvertes, les aliments se baladaient dans sa bouche comme les déchets qui flottent dans le canal. Max se demandait si Dieu acceptait que ses sujets mangent de cette façon. Comme si sa vie en dépendait, elle suçotait avec une vivacité extraordinaire chaque patte de coq imbibée de sauce à l'oignon et au citron. Elle parlait, suçotait, parlait, suçotait. Puis d'un coup (Max ne voyait jamais le moment arriver), elle s'endormait la tête inclinée sur l'épaule. Il ne perdait pas espoir de la faire parler un jour. La vieille avait la langue bien trop pendue pour ne pas qu'elle recrache un jour une boule de souvenir.

*

— *C'est qui mon père ?*

— *Bondié sèl sav sa – Dieu seul le sait.*

Savane

L'état de Man Suzanne devenait catastrophique. Ami Georges avait compris depuis longtemps qu'elle était perdue, il ne se pointait plus à Bellevue. Elle était belle, mais d'une beauté inhabituelle. Désertée par l'ardeur qui lui était propre. Ses joues se creusaient de jour en jour. Faible et à court de gaz, elle gaspillait un brin d'énergie pour pousser Max à aller prendre de l'air et chercher du travail :

— Tu n'as rien à faire là, Max. Sors, ne t'inquiète pas.

— Je n'ai rien à faire dehors. Tout ce que je fais au parc, je peux le faire ici.

— Va chercher du travail alors.

— Je travaille mon cuir cet après-midi.

— Trouve un travail et après tu travailleras ton cuir.

— Il n'y a pas de travail. Je connais personne qui a un job dans mes amis.

— Je me fiche de tes amis… Je te parle de toi.

— S'il y a du travail, l'Agence m'appelle. Ça fait un an que je suis inscrit déjà. Ils m'ont jamais appelé.

— Est-ce que tu crois que j'ai attendu qu'on m'appelle, moi ? Il y a forcément quelqu'un qui a besoin de toi quelque part pour faire quelque chose. Débrouille-toi, mais je ne veux pas te voir ici toute la journée.

Les discussions ne duraient jamais plus longtemps. Malgré l'angoisse d'abandonner Man Suzanne, Max passait le pas de la porte et s'engouffrait dans le labyrinthe de rues qui menait à l'en-ville. Il suivait la grand-route ou longeait la côte, traversait la courte plage de Bô Kannal, saluait les pêcheurs qui revenaient de la pêche, casquette ou chapeau *bakoua* sur le front, les chevilles mouillées depuis l'aube. Les bougres jetaient sur le sable leur butin de roi parfois, mais plus souvent maigre en maugréant des insultes à un lointain dieu de la mer, aux grands voleurs de poissons venus de partout, aux bateaux de croisière qui se faisaient de plus en plus remarquer dans la baie. Des chats dégustaient sans honte les carcasses de langoustes et de poissons qu'ils laissaient déchiquetées sur le sable avant de retourner à leurs prélassements sur les *ti* murets des cases de plage. Un pélican brun offrait sa présence rarissime et rapportait dans son gosier immense plus de mer que n'importe quelle embarcation.

Marraine avait raison sur un point : Max n'était pas le seul à ne pas connaître son père. Parmi les bougres qui traînaient à la Savane, compère Hilarion compris, il y avait un paquet d'orphelins. Tous ces bougres n'allaient plus à la messe, hormis *tou boulé* parfois à la Noël. Max priait le dimanche pour Man Suzanne, mais préférait largement les boîtes de nuit du port, l'Élysée-Matignon ou Le Baobab. La promesse de musique, de rencontres avec des touristes venues suer sous les tropiques ou d'expats de nuit. Il y retrouvait de temps en temps Anita. Par-ci, par-là. Une sorte de ritournelle convaincante loin de chambouler son monde. Quand il en avait marre, il y avait Sandrine. Florence. Ou Emmanuelle. Et toutes les autres. Oui, dès qu'une branche était cassée, Max en attrapait une autre. Et de nouvelles arrivaient chaque jour. Par les airs ou par la mer, de nouvelles doudous chéries débarquaient et n'en avaient jamais vu des *comme toi*. Au début, il se contentait de les observer, de décortiquer leurs manies de touristes. Il se fondait dans le décor et les regardait. Celles qui faisaient semblant de ne rien trouver d'admirable, celles qui ne voulaient pas qu'on sache qu'elles venaient d'ailleurs malgré l'énorme écriteau qu'elles portaient dans le dos. Et celles qui, au contraire, affichaient la couleur et leur désir de fantaisie exotique. L'envie prit le dessus sur la timidité et Max accueillit avec chaleur la France, la Belgique, le Canada, les États-Unis. Des pays inconnus aussi. Il ne voyait pas leurs maris, leurs papas. Pourtant, ils étaient là. Impuissants face à cette folie nouvelle. Rien ne sert de mentir, l'artisanat était un bon prétexte. D'abord, elles voyaient un vendeur de rue. Ensuite, elles voyaient un vendeur de rêve. Puis la possibilité d'un ailleurs. Il suffisait de leur demander d'où elles venaient, ce qu'elles faisaient, *ce qu'elles pensaient de ton île*, ce qu'elles étaient venues voir. Sans un franc en poche, Max et Hilarion s'adossaient en face du ciné-théâtre, repéraient les plus jolies filles et traversaient la rue, faisant mine de prendre des places pour la séance du soir. Ils retournaient ensuite et attendaient que le film se termine en dégommant des cornets de pistaches achetés à la dame aux chapeaux qui observait leur manège avec amusement. Lorsque les filles sortaient, ils les accostaient pour leur demander comment elles avaient trouvé le film et leur proposaient une petite marche nocturne pour en discuter. *Star Wars*, *Blade Runner*, le dernier Bébel, Hilarion avait des phrases toutes faites qui marchaient pour tous les films : « Je m'attendais pas à une fin comme ça, et vous ? » « Quelques petites longueurs… » « Ça manquait d'action par moments quand même vous trouvez pas, *ladies* ? » « J'ai adoré la performance des acteurs… » Jusqu'au bout de la nuit, elles s'étonnaient de toutes ses cicatrices.

Parfois, bien sûr, les gens n'avaient pas d'éducation. Ils ne voyaient devant eux qu'un chien *fè* aboyant après leur argent en échange d'objets dont ils n'avaient pas besoin. Mais Max avait plus de succès que les autres. Il n'essayait pas de copier les autres marchands. Il avait son style. Indéfinissable. Bien à lui.

Pour être honnête, Max passait autant de temps à vendre son cuir qu'à ne rien faire.

Attroupés sur la Savane, des centaines de jeunes venus de tous les quartiers pauvres – Trénelle, Citron, Volga, Grosse-Roche, Terres-Sainville, Bô Kannal, pointe Simon, Morne-Pichevin, Morne-Calebasse, Volga, Morne-Coco, Texaco, Redoute, Ravine-Vilaine. Une gigantesque bande qui s'amusait parfois à faire « *Bouh !* » aux métros égarés. Par grappes de dix, vingt ou cinquante, Max et Hilarion arpentaient les rues étroites et animées de Fort-de-France, ils jetaient leur misère dans un petit verre de rhum à la face de riches Blancs bourgeois venus se trémousser dans les restaurants inaccessibles du centre-ville. Ils déambulaient sans but dans Fort-de-France. Des orphelins, des sans-abri, des paumés. Aidés par l'alcool, ils recherchaient parfois deux-trois *ti blan* à embêtouiller. Juste comme ça. Pour passer le temps. Rien de méchant. Quelques claques derrière la tête et puis s'en va. Un larcin occasionnel chez les Syriens, pour se sentir vivant et libéré du joug catholique. La morale les regardait avec dépit et pitié. La morale à la poste, la morale au comptoir, la morale devant les écoles, les églises. Partout, la morale. Le lieu de rendez-vous se situait avenue des Caraïbes, à l'angle de la Liberté, devant La Rotonde, un bar très prisé de la petite bourgeoise foyalaise qui abritait en ses lieux deux sujets de convoitise : des filles fortunées et de l'alcool. Depuis la place de la Savane, ils observaient les lieux, *lèche-vitrinant* un monde du paraître dans lequel les fortunés, blancs, mulâtres, fréquentaient les rares Noirs intégrés qui se pavanaient et en faisaient beaucoup trop.

La mode était aux coupes afros, aux bérets de traviole, aux pantalons « pattes d'eph' » achetés rue de la Liberté, aux tee-shirts blancs moulants mettant en valeur leurs pousses de bras et de pectoraux. Les fréquenteurs de La Rotonde avaient tout le reste, parfois la moutarde leur montait au nez. Piqués dans leur ego, ils se plantaient sur la place, sur un petit carré de pelouse, comme les coqs de combat qu'on jette dans la fournaise poussiéreuse des *pits*. Hilarion trouvait indécent que des bourgeois sirotent des cocktails dans les bars de luxe avec vue sur la pauvreté. Les lichées de rhum rappelaient à l'instant un passé souillé d'esclavagisme, de domination, un gouffre, un déclassement, un mal-être insulaire, une réalité qu'on n'apprenait pas à l'école. Et oui, quelquefois ils détestaient avec envie la couleur blanche, avec haine, bousculades et insultes. Quand les majors se chicanaient avec des Blancs téméraires, Max restait en retrait. Secrètement, ces métros représentaient pour lui une sorte d'ailleurs. Les Antillais ne lui avaient jamais rien apporté de positif après tout, il en était dégoûté. Il avait prié mille fois parmi les siens, mais, en réalité, c'était chacun pour soi. Les « métros » paraissaient tellement plus libres ! Max voulait sentir le vent sur sa peau, se faire cueillir au petit matin par le bruit du grand large, se confronter à l'étranger.

Max savait où trouver les métros : la Savane, l'hôtel Bakoua des Trois-Îlets, l'anse Mitan, l'anse à l'Âne, à la pointe du Bout, le marché couvert entre Isambert et Arago.

Au cœur de la bande, Hilarion restait le meilleur ami, le point d'ancrage, le repère de l'enfance. Leur proximité allait jusqu'au physique – taille moyenne, peau charbon, sourcils fins, cheveux hirsutes et rebelles, nez épais, doigts fins, mais abîmés. N'importe qui aurait parié 100 francs que ces deux-là étaient frères. Ils marchaient côte à côte dans les rues de Fort-de-France comme deux super-héros invincibles face à la morale hostile. Max et Hilarion cultivaient ce côté *bad boys*. Personne n'aime les types qui ne dévoilent pas leurs intentions. Marcher est un moyen d'aller quelque part ou d'en revenir. Ils traînaient, vagabondaient, divaguaient, passaient le temps. Rue Antoine-Siger, non loin de l'ancien magasin du Printemps, il y avait la boutique des Wassouf. Le fils Michel aidait les plus démunis en échange de services. Il leur filait des fringues gratuites quand ils rameutaient de nouveaux clients à la boutique. Max se changeait dans la rue du Petit-Pavois qui passait à travers bois et cachait ses fringues sur le toit d'une case pêcheur. Ni Man Suzanne ni Marraine Cornélie n'aurait supporté de le voir sapé comme les chanteurs *méritjens* – gilet mauve à gros boutons, chaussures pingouin.

Le soleil tombait sur la Savane. Max devinait le ciel orangé derrière l'amas de nuages bas qui les menaçaient et qui donnaient au parc des airs de fin du monde. Un vent à décorner les bœufs et une lumière dramatique. Il sentait sur ses joues et sur ses bras les crachats de la brise venus de la rade. La radio de Robè-Sourde-Oreille masquait le fracas des autos et mobylettes qui redémarraient en trombe après le feu, accéléraient rue de la Liberté, puis avenue Caraïbes. Les lampadaires qui encerclaient la vaste pelouse projetaient des taches orangées sur l'herbe et les fleurs. Max était adossé contre l'un des sabliers, fromagers ou palmiers royaux qui composaient la rangée de grands arbres à l'extrémité nord de la Savane.

Man Suzanne préférait le savoir dehors, à chercher du travail ou une doudou, qu'à poireauter dans la maison. Max devait chercher un pain quotidien pour ne pas dilapider en un rien de temps les économies de sa mère. Il allait pointer à l'Agence comme tous les autres. Max écoutait les gars rabâcher le même *bitin* :

— Je vais partir en France, moi, frère, si ça continue. Là-bas, y a ce qu'il faut, frère.

— Je mets pas un pied là-bas, frère.

— Après tout, s'il y avait des jobs ici, ça se saurait. Y a pas d'avenir, frère.

— Peu importe. Moi c'est soit je trouve quelque chose ici, soit je reste dans *lari*. Hors de question que je m'exile.

— Regarde la dame là-bas, tu te vois à sa place ? dit un type. Ils éclatèrent de rire à la vue de la tantine dont les jambes en grand écart créaient un pont au-dessus d'un énorme tas de légumes.

— Oui, donnez-moi un foulard et une paire de lolos et je vous vends des légumes. Je vais faire un malheur ! Par ici, les meilleurs légumes *péyi* de Fodfans !

— Venez goûter mes gros abricots *péyi*, faisait un autre en singeant les dames.

— Sinon, tu sais ce qu'ils font les bougres côté Trois-Îlets ou plus bas dans le Sud ? Ils se trouvent *an ti touris*, une Canadienne ou une Française, et voilà quoi. Vous me comprenez. Ces touristes-là, elles viennent que pour s'envoyer un comme nous. Allons bon.

— Ça coûte combien la bombe pour descendre à Sainte-Anne ?

— Trop cher, n'y pense même pas.

— Moi, j'attends mon service.

— Moi aussi.

— Moi aussi.

— Moi aussi.

À la longue, Max en avait marre de les entendre gémir toute la journée sans se bouger les fesses. Il n'avait pas du tout l'intention de se laisser pourrir. Travail ou pas, le service ne pouvait pas être la seule perspective.

Tous ces mecs qui disent que l'île est trop petite alors qu'ils n'en ont jamais fait le tour.

Il faut que tu t'en ailles avant de rôtir sur place.

Pour se rendre plus mobile, Max construisit un présentoir de bois recouvert d'une toile madras. Il pouvait y accrocher ses accessoires lorsqu'il traînait aux abords des ports, sur les docks. À la marina de la pointe du Bout, il y avait un nombre incalculable de départs en direction de toutes les Petites Antilles, au nord là-bas jusqu'aux îles Vierges, au sud jusqu'à Trinidad-et-Tobago. Des charters clandestins jusqu'au Venezuela même. On pouvait s'enfuir pour quelques francs.

Max se disait qu'un vent finirait bien par le soulever vers d'autres horizons.

Parc floral

— *Se ti manmay' la ! Sa bon ! Sa bon !*

La tête dans l'herbe humide, Max faisait mine de ne pas entendre la vieille dame aux bonbons qui passait dans les allées en traînant derrière elle une odeur de sucre chaud et son chariot rempli de douceurs. Macarons, *chadeks* et tamarins glacés, doucettes, tablettes de chocolat et de coco, litchis, boules de coco, filibos, farine de coco, nougats goût pistache. Très discrètement, Max passa la main dans sa poche de jean pour voir s'il pouvait en ressortir quelques centimes, mais il ne sentit que la poussière glisser sous ses ongles.

— *Sa bon ! Sa bon !*

Il se releva et marcha vers la vieille dame, le cerveau en ébullition à l'idée de s'offrir un bâton de tamarin glacé. Il détacha l'un des bracelets de cuir qui pendouillaient de sa ceinture et le lui tendit :

— Je vous échange ce bracelet contre quelque chose.

— Admettons que j'accepte, qu'est-ce qui te ferait plaisir, *timoun* ?

— Ce tamarin glacé.

— C'est d'accord. Mais fais-moi plaisir, garde ton bracelet. La prochaine fois, tu paieras avec l'argent.

En s'offrant ces quelques minutes de sucre sur la langue, c'est à lui que Max se parlait et s'expliquait comment il allait procéder aujourd'hui. Il allait d'abord finir de vider ses calebasses et commencer à les polir. Direction le Parc floral, cet immense jardin au cœur de la ville.

Toutes les rues de Fodfans y menaient. Max côtoyait artistes et paumés – peintres, musiciens, sculpteurs, sans-abri, fous, drogués, rastas, d'autres artistes cuir, d'autres gens comme *toi.*

Tu t'y sens à l'aise
Pas de jugement ici
Rien de tel pour créer, imaginer, penser.

Au parc, Max se sentait un peu hors du temps et de la ville. Il s'asseyait au milieu de cette végétation dense qui soufflait dans chaque recoin des parfums Caraïbes. Roses des vents, fleurs de gingembre, tiaré, frangipaniers, becs de perroquet, langues de feu, balisiers, curcuma et vanille, belles roses de porcelaine, abutilons, hibiscus, amarantes, blood lilys.

Son endroit préféré se situait au beau milieu du parc. Le grand carbet, ouvert sur une magnifique pelouse, recouverte de flamboyants. Max y peaufinait ses bracelets. Le soir, il se blottissait contre un arbre ou s'allongeait sous le pavillon principal, s'endormait en rêvant d'ailleurs et se réveillait au petit matin au chant des merles et des carouges. Il polissait ses ceintures d'un sortilège pour qu'elles ne s'enroulent qu'à la taille des compères qui ne s'en serviraient pas pour fouetter leur marmaille. Des ceintures à faire tenir en place les pantalons, pas les *timoun.*

Une fois par semaine, les grandes allées centrales se mettaient dangereusement à clignoter rouge et bleu lorsque « *LAPOLIS !* » pénétrait par surprise dans le parc, traquant les fumeurs, guidées par l'odeur de la marijuana incandescente. Max fumait un peu plus chaque jour pour atténuer la douleur. L'herbe ne coûtait rien. Il arrivait à s'en procurer malin-malin. Ses doigts s'enroulaient autour du papier-riz, palpaient et malaxaient l'herbe, courbaient la feuille, puis la roulaient. La nuit, les bêtes à feu se mêlaient aux petits points orangés des cigarettes et des pétards allumés aux quatre coins de la grande pelouse. La fumée calmait Max, elle le transportait loin sur les flots. Les cigarettes *zeb'* s'échangeaient de main en main, les sachets aussi contre quelques francs. Max, terré dans de longs silences de plusieurs jours, était troublé par un désir de rencontres et d'aventures. Il parlait peu, mais aimait écouter les histoires des gens de passage qui lui faisaient respirer l'air d'ailleurs. Il imaginait la vie au-delà des mers, en métropole, à Paris, dans les Caraïbes, en Amérique.

La tête adoucie par les parfums de fleurs et de marijuana, il travaillait paisiblement son cuir dans les salles abandonnées des bâtisses coloniales, ou dehors à l'ombre d'un arbre du voyageur. Il adorait aussi ce petit coin d'herbe surplombant le bassin asiatique, devant les vitres du grand aquarium tenu par d'anciens amis de Claude. De loin, ils semblaient veiller sur lui : « Dis-nous quand tu as besoin de quelque chose, petit frère. » Pourtant il n'allait jamais les voir. Il n'était pas un mendiant. Il ne le serait jamais. Man Suzanne le lui avait toujours fait promettre. Il aimait aussi se tapir dans les buissons de bois-côtelette et tomber de lassitude à l'abri des regards jugeants. Il se levait et reprenait ses bracelets, fignolait. Le cuir ne coûtait pas très cher et c'était son seul moyen de se faire un peu de sous. Son ancien maître d'école, Monsieur Foiret, lui avait tant de fois répété que les finitions montraient la qualité d'un bon artisan. Il s'appliquait. Il fallait être perfectionniste pour pouvoir être fier du résultat. « Max, l'artisanat ça doit être comme une deuxième femme, tu la bichonnes, tu es aux petits soins. » *Mais pour toi c'était ta première.* Max avait sa planque aussi, à côté de la vieille porte coloniale attaquée par les feuilles et la mousse vert marron. Molettes, équerres, couteaux, pince-revolver, clefs alênes, griffes, emporte-pièces, il planquait là ses quelques outils comme on enfouirait de l'or.

Il écoutait Bob Marley, Val Bennet, Little Roy, Jimmy Cliff, Junior Murvin, The Congos, Burning Spear, Keith Hudson et tous les autres Jamaïcains. Dans les *soundsystem* pirates ou sur les stations de radio de Sainte-Lucie. Le fait que la « *LAPOLIS !* » déteste cette musique et celles et ceux qui l'écoutaient rajoutait encore plus d'allégresse à l'oreille. La musique des marginaux, des gens qui n'ont rien d'autre que leurs oreilles pour écouter, le son des bougres du jardin. La bande-son de ce qui se passait au Parc floral, crimes compris. Parfois, Max prenait en otage – excusez l'expression – un touriste ou un compère anglais pour l'aider à déchiffrer les paroles et à les traduire. Max avait recopié les paroles de *Positive Vibration, Rat Race* de Bob. Il avait pratiquement réussi à traduire *Too much love* de John Holt. Les mots étaient assez simples – « *love* », « *goodbye* », « *reasons* ». Il les écrivait dans un petit carnet qu'il cachait dans sa planque et dans lequel il dessinait également les croquis de ses futures créations de cuir. Certains textes faisaient écho à cette sensation bizarre dans l'estomac, une tristesse tapissée d'espoir. Max ne perdait jamais espoir. Jamais. Le mal qui le rongeait ne noircissait jamais tout le tableau. Il arrivait à voir la beauté des choses, le bien chez certaines personnes suffisait à excuser toutes les autres. Il s'enivrait du parfum de l'herbe, des lumières douces de la fin de journée, de la frénésie des bougres qui se frottaient les cheveux à la fleur de coquelicot. Il écoutait Ras Michael, Marcia Griffith, Desmond Dekker et rentrait à pas d'heure à Bellevue, en achetant quelques poissons au passage, à déguster en *blaff* avec une marinade de piment, citron vert, oignon et bouquet garni.

Il tentait d'oublier l'appel qui se rapprochait. Oui, comme lui, des centaines de jeunes quitteraient la Martinique dans quelques semaines pour effectuer leur service.

Baie-Mahaut

Dina finit par rentrer en Martinique à la fin des années 1970. Retour que Man Suzanne avait voulu discret, sans tambour ni trompette. Seules quelques tantes, Marraine Cornélie, une fricassée de *chatrou* dans la cocotte et l'affaire fut entendue. On invita aussi Monsieur Bertrand, le futur mari de Dina, un type de Rivière-Pilote rencontré à Caracas. Une collision orchestrée à distance par Man Suzanne et Marraine Cornélie qui avaient porté le désir intime qu'elle trouve chaussure à son pied, qu'elle oublie le passé avec l'amour d'un bonhomme à principes.

« Drôle d'oiseau », se disait Max. Monsieur Bertrand prenait toute la place. Il répondait pour Dina, que le Venezuela avait rendue taiseuse. Ce n'était plus la même. Avant son départ, jamais elle ne se serait tue devant un bougre. Max osait à peine lui adresser la parole.

Depuis son retour sur l'île, Dina affichait un sourire de façade, une humeur égale. Elle n'était plus la sœur ambitieuse que Max avait connue. Dépouillée d'envie, de passion. Elle donnait l'impression étrange qu'elle se satisfaisait de tout, que tout lui glissait sur la peau. Dina et Monsieur Bertrand restèrent deux jours seulement à Bellevue, puis s'ancrèrent définitivement au sud de l'île, à Bas Mangos, petit terrain familial au sud de Rivière-Pilote. Max et Dina eurent une dernière conversation en tête à tête comme *antan* Trénelle. Sans grand discours, Max essayait en vain de plonger les yeux jusqu'à son âme pour y chercher sa sœur. La coquille avait été vidée.

Quelques mois plus tard, le devoir appelait Max. Les instructeurs militaires l'avaient d'abord affecté en métropole, dans une caserne froide et lointaine d'une ville au nom imprononçable de Champagne-Ardenne. Il avait finalement demandé une affectation aux Antilles, pour ne pas trop s'éloigner de sa mère malade et de sa petite sœur. Il fut soulagé de voir sur sa convocation qu'on l'envoyait pour un an en Guadeloupe, à quelques ramées de Man Suzanne, dont la vie ne tenait plus qu'à un fil.

Lorsque Max décolla pour la Guadeloupe, il eut l'impression de parcourir des milliards de kilomètres, alors que le vol dura environ trois quarts d'heure. Un fort vent faisait valdinguer la carlingue de l'avion de gauche à droite, de haut en bas. Par le minuscule hublot, il découvrit d'en haut des terres qu'il n'avait jamais foulées – Morne-Rouge, Ajoupa-Bouillon, mais surtout la montagne Pelée – immensité verte et brune – qui n'avait jamais paru aussi proche. L'avion glissait à travers les nuages, au-dessus des forêts et des vallées là cultivées, ici sauvages, tout d'un coup survolait la mer, dépassait les splendeurs vertigineuses des falaises de Grand-Rivière, et le sable sombre, dernier rempart vers l'ailleurs. Excitées par les milliers de mondes qu'elles chatouillaient en permanence, les vagues écumaient les galets roux du bord et s'éclataient contre la digue avec la force caractéristique du nord de l'île. Son regard croisait celui d'un gars aussi perdu que lui, puis repartait par les hublots. Dans le déni d'un départ qu'il savait obligatoire, Max n'avait préparé sa valise que la veille pour le lendemain. Il s'y cramponnait comme à la prunelle de ses yeux. Il s'en était allé un matin, comme on va au marché, était monté dans le coucou, machinalement, sans affaires, sans force.

Le camp était situé à Baie-Mahaut, à quelques kilomètres de Pointe-à-Pitre. Max ne fit aucunement attention à cette île presque jumelle de la sienne. Ni aux allées interminables de hauts palmiers ni aux mini-stands de ventes de légumes ou de poulet boucané sur le bord-route. Le camion de conscrits passa les grilles du camp abritant le dixième régiment d'artillerie de Marine. Sur un panneau monumental, orné d'un écusson surmonté d'un raton laveur, d'un serpent et d'un scolopendre, Max put lire :

Deuxième groupement du régiment Antilles-Guyane
Camp de la Jaille
Commune de Baie-Mahault
Région de Pointe-à-Pitre
Guadeloupe – Antilles françaises

Deux gros chars d'assaut effectuaient une manœuvre à l'est du pavillon central. Tout autour, des dizaines d'hommes rasés-court, short beige, chaussettes-aux-genoux accueillirent les nouveaux venus avec des rires et des moqueries. Lorsqu'ils descendirent du camion, les militaires, visiblement sur le départ, jetèrent leurs casquettes à leurs pieds et entamèrent un chant d'accueil :

Petit soldat voici la Mi-Carême
Car te voici déguisé en soldat

Petit Papa ce n'est pas pour rire
Tu vas passer un an simple soldat

Moi mon enfant je vais rentrer chez moi
Ma casquette grise est très endommagée

Embrasse-moi petite fille chérie
Je rentrerai bien vite à la maison
Je rentrerai bien vite à la maison.

Max et les autres bleus passèrent devant ces militaires en fin de service qui pointaient du doigt leurs casquettes fripées gisant dans la boue fraîche – « Regardez la casquette, elle est usée. Vous savez pourquoi ? Parce que ça fait longtemps qu'on est là. Vous savez ce que ça veut dire ? Qu'on rentre bientôt à la maison ! » Ils explosèrent de rire. Max, « simple soldat » désormais, découvrit sa chambre – minuscule, avec deux lits de camp et des matelas très fins. Elle était déjà occupée par un homme blanc et roux, grand et costaud. Le visage de ceux à qui on donnerait le bon Dieu sans confession. Après quelques regards discrets puis insistants lancés à Max, l'homme ne tarda pas à briser le silence avec un sourire de jour de paie :

— Salut camarade, t'm'excuseras, j'me suis déjà installé hein, ça te dérange *po'* si je prends ce lit *lo'* ? On dirait qu'on va y passer du temps dans cette piaule, dit-il en riant. Moi c'est Didier Barbe, et toi ?

— Max.

— Max comment ?

— Max… Solo.

— Ah. Enchanté, Max Solo. Tu es d'ici à ce que je vois et à ce que j'entends ?

— Non.

— Ah ? Tu sonnes comme un gars d'ici, j'aurais juré.

— Martinique.

— Bah, Martinique, Guadeloupe, c'est pareil pour moi. Bon, *ben*, alors ? Dis donc, t'es pas très loquace comme gars, toi. En tout cas, moi j'suis *ch'ti*, je viens du Nord là-bas, près de Boulogne-sur-M…

La porte s'ouvrit en fracas et plusieurs voix s'élevèrent dans le couloir : « Allez, hop, la bleusaille, tout le monde en bas.

Et qu'ça saute ! On passe à la coiffure, préparez vos caboches, on va vous faire de belles petites coupes, les filles ! »

— Oh, là ! Ça l'air d'être une babache, le serpat, pas vrai ? s'écria Barbe, bon allez, j'me tais, tu vas dire que j'*babelle* et t'auras bien raison, garçon.

Max ne l'écoutait pas. Il était assis sur son lit. Les gradés leur distribuèrent des casquettes. Dans la queue du coiffeur, Max aperçut « Siphon », un gars de Trénelle. On l'appelait Siphon depuis qu'il avait prouvé à tous les compères qu'on pouvait fabriquer une trompette avec un tuyau d'arrosage. Max détesta se faire couper les cheveux courts comme un mouton tondu d'avant-fête. Enfant, Man Suzanne acceptait qu'il les porte longs, assez pour rappeler la coupe afro, assez courte pour ne pas passer pour un original.

Après quelques jours d'entraînement, Max et son camarade de chambre furent affectés à la Fourrière, l'armurerie de la caserne.

Les journées étaient longues, mais Barbe se révéla être le camarade idéal. Il avait toujours une petite histoire à placer, un souvenir tout chaud, son été comme garçon de café chez Jules en bord de mer, les nuits à la belle étoile avec les doudous blondes dans les petites coques de la rade, ses virées nocturnes sans permis, la Renault tombée par inadvertance dans le port de Boulogne, à l'embouchure de la Liane, entre Capécure et Saint-Pierre, la place Dalton les jours de marché, l'odeur de la carbonade qui monte au plafond pour concurrencer le fumet des moules qui claquent parfumées dans la casserole et l'huile des frites qui frétille en attendant la patate. À la cantine, ils mangeaient avec Scout, un *ti chabin* de Ducos qui saoulait tout le monde avec sa petite amie Fabienne, et qu'il allait la marier en rentrant, et qu'il allait tout donner au lit à son retour.

Il y avait aussi l'autoproclamé Marcus Garvey Junior, un Guadeloupéen des Saintes, jamais sans sa ceinture rouge-jaune-vert, il criait sur tous les toits que les plats manquaient d'épices, de personnalité et de clous de girofle. Il se languissait de sortir de « prison » pour retrouver ses belles *dreadlocks*. Avec la fine toison qu'il réussissait à accumuler sur son crâne sans attirer l'attention des supérieurs, il se faisait au moins des bouloches en se frottant le crâne au savon de Marseille. Pas question de se balader comme tous ces *ball heads* de gradés. Max n'avait pas eu de peine à s'oublier devant leurs histoires. Les gars de la Jaille avaient appris à l'apprécier sans lui poser de questions, sans se soucier de lui. Sa présence était bienvenue. Et puis, la discipline ne laissait que peu de temps aux divagations. Il se rapprochait progressivement des autres soldats et profita de sa position confortable à la Fourrière pour en apprendre un peu plus sur chacun. Le matin, il distribuait les armes et accessoires aux militaires avant leur départ en mission, et le soir, il dégraissait les armes d'un coup de chiffon. Une vraie caverne d'Ali Baba ! Les journées défilaient et se ressemblaient. 6 h 00 : réveil et lit. 6 h 10 : serpillière, balai, chiffons, et faut que ça brille. 6 h 45 : tartines, et faut pas que ça traîne. 7 h 15 : rassemblement et ordres de la journée. 8 h 00 : sport, entraînement, marche à pied. 9 h 30 : maniement d'armes, montage, démontage, sécurité. 10 h 00 : Fourrière. 12 h 00 : repas. 13 h 00 : rassemblement et rappel des ordres de l'après-midi. 14 h 00 : Fourrière. 16 h 00 : sport, entraînement. 17 h 00 : point journée et ordres du lendemain. 18 h 00 : repos, repas. 19 h 00 : monologues de Barbe. Le soir, ils sortaient les petits sachets d'herbe achetés pas cher aux Dominicains de Pointe-à-Pitre et fumaient jusqu'au dodo. 20 h 00 : tergiversations et mijotages au fond du lit.

Au guichet de la Fourrière, Max et Barbe firent la connaissance d'un *Créole-Indien*. Ernest Murusammi n'avait de cesse de faire l'éloge de Senfwanswà, sa commune d'origine, située à l'est, en face des îles de la Désirade et de la Petite-Terre. Il leur vantait les reflets chauds du soleil illuminant la barrière de corail, fraîche et énorme dans le lagon azur, les poissons striés multicolores de toutes les tailles, les mille et une anses de sable chaud, les petites cabanes de rhum-pays. Chaque jour, il leur contait une histoire : le grand requin de l'Anse-à-l'eau, les belles filles de l'épicerie de la Simonière, les scieurs-rikikis du bois de Sainte-Marthe, la dame aux roses de porcelaine dans le bois de Bracelogne, les ratons laveurs de Bel-Arbre, l'énorme champ de papillons à Cayenne, le colombo de Man Kulani à Belle-Allée. Les trois garçons sympathisèrent. Ernest les invitait régulièrement chez lui à Grande-Terre dans la maison de ses parents, durant les jours de permission. Le soir, ils allaient danser et rencontrer des filles dans les bars alentour. Lorsque la bande recevait une permission, elle ne la recevait pas à moitié, et l'arrosait, à grand coup de chopines de pur sous la lune. Permission de boire, permission de séduire, permission de s'en mettre plein le gosier. L'un des gars avait une radio, il n'avait d'yeux que pour la Perfecta, un groupe du Sud qui chantait :

Ti commerçants fèmé boutique, ti artisans à la faillite, situation critique
La Martinique pays magique, pa ni travail pou téni fric, vive la vie aux tropiques.

Et côté Babin ou pointe Allègre, ils s'enfilaient des litres de rhum jusqu'au petit matin.

Tes camarades te portent jusqu'au lit
Elle aura une bien belle gueule la Fourrière demain.

Un jour de permanence, Max avait fait le mur pour partir en virée au cinéma avec une doudou des alentours. Au moment de quitter les lieux, au bras de la demoiselle, il tomba nez à nez avec l'adjudant-chef Quinton, accompagné de sa femme et de leurs enfants. Les deux hommes n'échangèrent aucun mot sur le coup, mais Max ne tarda pas à récolter les fruits de son écart : il fut chargé de couper l'herbe de l'allée centrale – aile ouest – sur plus de 300 mètres. Lorsque l'adjudant-chef Bertrand passa contrôler l'avancée des opérations vers midi, Max lui avoua poliment qu'il ne pensait pas être en mesure de finir la besogne seul et demandait de l'aide pour ne pas cramer sous les rayons. La réponse ne tarda pas à venir :

— Mais bien sûr, soldat Max. La chaleur t'est insupportable à toi… On y croit tous. Allez, économise ton énergie pour finir avant le coucher du soleil.

*

Juste avant la quille et le retour sur son île, un supérieur interpella Max :

— Solo. Un appel pour toi. Demain. Ta sœur. « Urgence familiale. »

Son sang ne fit qu'un tour. Il avait toujours redouté ces mots, le drame leur pendait au nez depuis l'annonce de la maladie de Man Suzanne. Son corps tremblait. Il avait été stupide de croire que sa tendre maman pourrait tenir jusqu'à son retour. Mais qu'est-ce qu'il était allé faire en Guadeloupe ?

Garces de haut-gradés
Pourquoi t'avoir éloigné de ta Man Suzanne mal en point ?
« Motif insuffisant », avaient-ils dit
À quoi bon ?
Pour quelle guerre ? Aucune.
Juste de la rigolade sur l'île d'à côté
Pan-pan avec des fusils
Glouglou avec les copains
Il était beau le service !

Max ne ferma pas l'œil de la nuit.

Mais le lendemain, il ne fut pas question de Man Suzanne. Marcelle avait profité de la distance pour libérer la boule qu'elle avait dans le ventre.

— Qu'est-ce qui se passe, petite sœur ? Tout va bien ?

— Bonjour, grand frère. Ça va bien, merci. Maman t'embrasse. Elle dort. Elle a même pu se lever hier, ça faisait longtemps. C'est dur sans toi. Dina ne vient jamais nous voir. Je dois m'occuper de tout toute seule.

— Courage, je serais bien resté avec toi, mais tu sais que je n'avais pas le choix. Tu voulais me parler de quelque chose ? Le gradé a dit que c'était urgent.

— Oui.

— Dis-moi, Marcelle. C'est maman ?

— Non.

— Alors qui ? Quoi ?

— Personne, c'est moi.

— Comment ça toi ?

— Je voulais m'excuser.

Max ne comprenait pas.

— T'excuser ?

— Je sais que mon père n'est pas une bonne personne, qu'il vous a fait du mal. Et… Et je voulais que tu saches que je sais. C'est tout.

Marcelle éclata en sanglots. Dans le couloir, les camarades de Max faisaient des allers-retours devant lui en lui envoyant des gestes obscènes. « Eh, Solo. Embrasse ta petite amie pour moi ! » Marcelle pleurait et lui restait planté au milieu du couloir, le combiné à la main, les yeux balayant le couloir, trop pudique pour la consoler. Lorsque les gars se tirèrent, il répondit :

— Petite sœur, tu n'y es pour rien. Il faut pas te mettre dans des états comme ça. C'est du passé tout ça.

— Mais vous avez souffert pendant toutes ces années et moi je ne voyais rien, répondait-elle, inconsolable. J'ai été aveugle. Égoïste même. Je n'ai pas vu que je vivais dans l'antre du diable. Ce n'est pas vrai, parfois je ressentais des choses étranges, mais je ne voulais pas suivre mon intuition. Je n'ai pas cherché à vous aider. J'aurais pu vous aider !

— Marcelle, calme-toi.

— J'aurais pu…

— Écoute. Tu es jeune. Tu n'as rien à voir avec toute cette histoire. Le seul fautif, on le connaît tous les deux. Tu as de la chance de le connaître, ton père, de recevoir son amour. J'aurais aimé avoir un père moi aussi, qui me chérisse comme lui t'a chéri. Tu ne dois pas t'en vouloir pour des choses que lui a faites.

Tout en parlant, Max lanca un coup de pied à Siphon qui faisait mine de s'approcher pour écouter, les doigts en cœur.

— Apaise-toi. Je ne te tiens responsable de rien. Dina non plus. On ne choisit pas sa famille. Georges, c'est ton père. Tu dois t'occuper de lui. Il t'a toujours protégée. Nous, c'est différent. Il ne nous a jamais aimés. Il faut se concentrer sur Maman. Je rentre bientôt, petite sœur. Plus que quelques semaines.

L'Anglais !

Ce jour d'automne, la chaleur était inacceptable. Muni d'une bouteille de sirop dont la fraîcheur avait disparu depuis un bon bout de temps et d'une petite serviette posée sur une épaule, tu t'engageas dans un escalier au hasard. Tu n'avais pas réfléchi, c'était arrivé comme une envie de pisser. Tu n'étais pas retourné à Trénelle depuis ton départ de Guadeloupe. Jamais l'idée te serait venue à l'esprit d'y monter. Sauf ce jour, et cet escalier n'en finissait pas. De chaque côté des marches, une avalanche de cases, certaines fermées, d'autres ouvertes dévoilant téléviseur, cuisine, bibelots en tout genre, des cases pleines de vie ou dévorées par le temps, les ronces et les seringues.

Dans l'avant-cour de l'une d'entre elles, tu aperçus un vieillard. Courbé, il assénait de violents coups de griffe dans un coin de terre de son potager. Débraillé par le labeur, l'homme portait une chemise blanche et un chapeau de paille sur la cloche – rempart aux premiers rayons, et un jean qui tombait sur ses chevilles nues. Il se redressa au bruit de tes pas pour voir qui s'en venait, te salua mécaniquement, mais au lieu de faire retomber son regard, il le verrouilla dans le tien, comme frappé par la foudre. Il fit un pas en arrière, son pied tapa une brique et il gisait à présent, popotin dans les plantes.

Paniqué, l'homme se releva et s'enferma chez lui en jurant, une main sur sa serrure, l'autre pointée vers toi :

— L'Anglais !

L'homme roula-boula fort dans sa cabane et s'y barricada.

La nuit qui suivit fut toute blanche. La scène tournait en boucle dans ton esprit. Peut-être que c'était un énième malade, le genre de type solitaire qui finit par trouver un partenaire dans l'ivresse et la folie. Fodfans en avait, des fous. Non, il s'était passé quelque chose, tu le sentais. Les yeux grands ouverts dans l'obscurité, tu n'arrivais pas à penser à autre chose qu'à cette image, le vieillard inconnu, le visage givré par la stupeur.

À l'aube, tu fis chauffer ton café, mais tu partis en trombe avant de le boire. Juste un rapide coup d'œil à l'océan que tu laissais te dicter ton humeur, une tête dans la chambre de Man Suzanne et tu te lanças comme la veille dans une interminable ascension. Tout droit, pas de détour. Il était trop tôt pour que le soleil te crible de ses munitions les plus mortelles. Un très léger courant d'air t'accompagnait. Trénelle était encore calme, la volaille se taisait minute après minute.

Lorsque tu arrivas à quelques mètres de la cabane du vieillard, tu ralentis le pas, le cœur haletant. L'avant-cour était vide. Sa présence était tout de même trahie par la radio de sa cuisine d'où crépitaient les infos du matin. Personne en vue, ni dedans ni dehors. Porté par tu-ne-sais quel courage, tu pénétras dans l'avant-cour, déterminé :

— *To, to, to !*

Pas de réponse.

— *TO, TO, TO !*

Toujours rien. Cependant, tu entendais à l'intérieur qu'on s'agitait. On t'avait vu, on te savait là. Alors tu t'assis sur la courte terrasse bétonnée, déterminé à parler au vieillard :

— *TO, TO, TO !*

Soudain, sa voix retentit depuis l'intérieur de la cabane :

— L'Anglais ! J'ai un pistolet à l'intérieur, je préviens, *hein* ! Je vais pas hésiter à tirer, *hein* !

— Je ne vous veux pas de mal. Je suis revenu parce que je veux savoir pourquoi vous m'appelez l'Anglais. Je suis d'ici, moi !

Après quelques secondes de silence, le vieillard reprit :

— *Aïe, bondié*... *Bondié*, protégez-moi. Le fantôme de l'Anglais... Aïe, *bondié* !

À nouveau, quelques secondes de silence. Tu ne dis rien, mais ta curiosité grandissait. Le vieillard écarta le rideau de perles de calebasse qui masquait la porte et s'approcha de toi pour te dévisager, toujours méfiant, mais, te sembla-t-il, moins apeuré. La main sous son t-shirt gris délavé, le vieillard simulait avec sa main la forme d'un calibre qui te tenait en joue. Tu connaissais cette technique. Quelques centimètres te séparaient à présent de son visage ridé. Très sérieusement, il demanda :

— Tu n'es pas le fantôme de l'Anglais ?

— Non. Je m'appelle Max.

— Max, comment ?

— Max.

— Tu viens d'où ?

— D'ici. Trénelle. Mais de l'autre rive.

— Trénelle ? De l'autre rive ?

— Et tes parents ?

— Ma mère vient de Saint-Joseph.

— Et ton père ?

— Je ne le connais pas.

Le vieillard fit une pause.

— Tu connais pas ton père ?

— Non. C'est mon beau-père qui nous a reconnus, ma sœur et moi.

— Écoute-moi, jeune homme. Soit ton père, c'est l'Anglais. Soit le *bondié* a voulu me tromper en créant deux humains identiques. Vous avez la même tête, jeune homme. Crois-moi.

Le vieillard ne semblait plus avoir peur. Il était fasciné. Quant à toi, le sol s'ouvrait sous tes pieds. Il poursuivit :

— Tout le monde connaissait l'Anglais. C'était le seul Saint-Lucien à vivre ici. Y a des gens qui l'aimaient pas pour cette raison. Comme aujourd'hui, les gens n'aimaient pas trop les Anglais. C'était pas un gars d'ici, quoi. Beaucoup voulaient le voir partir. On a raconté plein de choses. Parfois, on racontait qu'il découchait pour aller rejoindre la fille de tel voisin. Parfois, on l'accusait de voler dans le potager. Y a eu plein d'histoires. Bref, je sais pas si c'est vrai. Mais en tout cas, on va dire que les gens ne l'aimaient pas trop. Avec les Saint-Luciens, c'était comme ça, hein. Personnellement, j'ai jamais eu de problèmes avec lui. C'était pas mes affaires, tu comprends ?

— Et comment il est mort ?

Le vieillard comprit que Max ne savait rien.

— Mort ? Je sais pas s'il est mort, garçon. À un moment donné, il s'est fait chasser d'ici, même expulser. En tout cas, il est parti et on a fait en sorte qu'il ne revienne pas. Oui, il y a des gens qui ont dit qu'il était mort, mais personnellement, je n'ai rien vu de la sorte. Je ne peux pas le certifier. Que t'a raconté ta mère ?

— Rien. Elle a jamais voulu me dire.

— Peut-être que le gars est retourné à Sainte-Lucie aussi. C'est possible. En tout cas, tu m'as fait une peur bleue hier, garçon. Au début, je pensais que c'était mon neveu. Il vient tous les jours voir si j'ai besoin de quelque chose. Mais quand j'ai vu ton visage, *bondié*, j'ai eu peur. Tu ressembles à ton père.

*

Tu dévalais les marches quatre à quatre, dévorais le morne de ton enfance. Tes cuisses et tes chevilles, tout ton corps te brûlait. La chaleur t'empêchait de respirer convenablement. Ta tête tournait. Tu aurais pu te briser les genoux à cavaler de la sorte. Les larmes s'échappaient de tes yeux devenus fentes, trop de vitesse, trop d'émotion, et toi tu engloutissais Trénelle d'une seule bouchée. De part et d'autre, les arbres immenses. Ton souffle recouvrait tout autre son. Tu bousculas peut-être un ou deux habitants au passage, mais tu courais, courais, courais, aveuglé par la vision de Man Suzanne allongée, de son grand lit. Tu priais pour que la distance se réduise, que l'océan s'engouffre dans les terres pour se rapprocher de toi, que tout devienne net maintenant ! Il fallait que tu lui parles, que tu lui racontes ! Cette vie d'avant-toi que tu n'avais jamais osé fantasmer enfin se découvrait ! Tu avais pris le nom du vieillard, celui de l'escalier nom de l'escalier, tu avais marqué tout cela à l'encre noire sur ton bras.

Allez ! Vite ! Que Bellevue apparaisse plus rapidement. Que Man Suzanne t'accueille avec un sourire, que tu n'aies même pas besoin de lui expliquer ta folle course, qu'elle comprenne à ta seule expression ce que tu t'apprêtais à lui rapporter. Se dressait à présent la Madame, la rivière d'antan, toute paisible ce matin, mais tu savais à présent où elle menait, sous la rocade pour se jeter dans l'en-ville, les rapides ralentissaient, cassés par un barrage souterrain et le flot continuait sous une forme apaisée, longeait Fort-de-France par le marché aux poissons, accueillait une centaine d'embarcations, plus solides qu'elles n'en avaient l'air, sous le pont de Bô Kannal. Tout était clair. Tu longeais ce courant d'eau qui n'en finissait pas. Tu revoyais Dina, Marcelle et toi jouer sur les rives, escalader les figuiers à l'heure des pots, jouer *vonvon* dans les fougères étoilées.

Avec la vitesse de la course, tu te prenais un décollage d'enfance d'une puissance inattendue. Plus intense encore que le verre de rhum blanc que tu fais tournoyer joliment pour y entraîner la rondelle de citron vert, la canne et le pur. Ton père n'était pas qu'un squelette, un fantôme. Tu volais de plus belle. Tu étais à quelques mots de la vérité. Certes, le secret avait toujours été gardé, mais maintenant qu'on t'avait donné la première pièce, tu voulais récupérer toutes les autres. Qu'on ne te cache plus rien ! Cette fois, tu ne leur laisserais pas le choix. Une ébullition. Tu perdais de la vitesse, ton cerveau te jouait des tours. L'escalier te paraissait si loin désormais. Ton désir de savoir s'assombrissait. Tu voyais Man Suzanne, dans son lit. Avait-elle besoin que tu viennes la frapper avec des réminiscences du passé tachées de tu-ne-savais-quoi ? Elle, déjà à terre. Allais-tu arriver à la maison, essoufflé-suant, presque par terre, la main sur les genoux ou les ongles dans les cottes pour y larguer ta découverte ?

Enfin, les lumières de Bellevue, la brise.

Tu t'arrêtas, puis repris ton souffle et ton chemin, calmement.

Maman Suzanne

— *Ti manmay*… Vous trois. Aidez-moi à me relever… Juste un peu. Pour que je puisse vous voir mes enfants. Je somnolais. Maman est *las, las, las*… Vous êtes là depuis longtemps ? Dina, je ne t'ai même pas entendue arriver. Mes trois enfants réunis. C'est rare ! Je délire encore ? Cette maladie me fait perdre la tête. Tout à l'heure, j'ai vu Maman Zabeth assise sur le coin de mon lit. Là-bas. Elle a posé une maison sur mon ventre. Elle était en pleine santé, elle m'avait ramené un joli saladier avec du court-bouillon de poule. *Mmmh*, l'odeur, mes enfants ! Ne me regardez pas avec ces visages tristes. Je ne veux pas voir ça, hein. Je suis fatiguée. Mon ventre me brûle. Ici, et plus haut, ici. À chaque respiration, j'ai l'impression que mon cœur va se décrocher. Je suis contente de vous voir unis tous les trois. Avec votre maman. Restez toujours ainsi. Moi, j'ai fait le maximum, c'était pas facile. *Antan lontan*, Man Zabeth m'a éduquée toute seule, ou *sav sa*, elle a souffert. Beaucoup souffert. Elle travaillait toute la journée et s'occupait de nous en même temps. Elle n'avait aucun espace pour elle, elle ne vivait pas. Je voulais pas faire les mêmes erreurs. Mais je me suis quand même trompée. Le *bondié* sait que nous faisons tous des erreurs. Parce que j'assume, je voulais un homme à la case. Mais pas n'importe lequel. Je voulais le père de mes enfants à la case. Je le répète haut et fort, mes filles ! Aucun homme n'a le droit de venir planter sa graine dans votre ventre et de partir comme un voleur dans la nature. Pas avec moi ! Mais les gens sont couillons ! Ils confondent tout. Je ne voulais pas éduquer toute seule les enfants des autres. Vous êtes mes enfants, mais vous êtes aussi la marmaille d'hommes qui ont *tous* quitté le navire. Quand on est seule avec des enfants, les gens critiquent et disent « la pauvre ! ». Quand on garde les hommes auprès de nous, on dit qu'on est dépendantes et folles. On nous demande de tout faire, de tout tenir. Non. C'est pas juste. Si tu viens me faire des enfants, tu es déjà dans le bateau avec moi. Attention aux fuyards et aux lâches. Tous ! Ils ont à peine pris ce qu'ils veulent prendre qu'ils sont déjà en train de renifler ailleurs. Vous avez les mains chaudes. Frottez-les contre les miennes mes enfants. Dina, tu es trop loin de Maman, n'aie pas peur, viens. Viens que je te regarde. Pardonne-moi, ma fille. J'ai fait de mon mieux. Toi et Max, vous ressemblez tellement à votre père ! Max, quand tu étais un bébé, je n'arrivais pas à te regarder tant tu me faisais penser à lui… On était heureux au début. Gros gros poil. Immédiatement. C'était un gars de la campagne, Peter. Un Anglais. La première fois que je l'ai vu, c'était sur le parvis de l'église. Il m'a fait la cour, on était bien tous les deux. Les gens parlaient, cancanaient toute la journée. Mais on en avait rien à faire. Il vivait dans une case du côté de Ravine-Vilaine, puis on en a fabriqué une autre à Trénelle. Il avait une force de géant. Il charriait seul ce que les autres charriaient à deux ou trois. Le matin, il descendait à l'en-ville pour chercher un pain quotidien. Il savait construire des cadres pour les tableaux. Pendant ce temps-là, moi je cueillais des fruits, des légumes, des plantes, et l'après-midi j'allais vendre tout ça au marché – des haricots rouges, des bananes jaunes, des *ti nains*, du basilic, de l'aloe vera, de la citronnelle, de la verveine, d'autres plantes médicinales, des pieds d'igname, de *dachine*, des piments, du gros-thym, des oignons *péyi*, abricots *péyi*, avocats *péyi*, du bois d'Inde, du persil. Il y avait un fromager, deux arbres à pain. Un beau jardin. Comme à la campagne. Tout le monde était jaloux. Puis Peter a disparu. J'ai longtemps été très en colère. Je suis restée seule avec vous deux. Vous avez toujours gardé sur vous son sourire. J'ai quelque chose à vous demander. Ne cherchez pas votre père. C'est peine perdue. Vivez en paix. Ne gâchez pas votre quotidien. Ce que vous imaginez sera toujours plus beau que ce que vous trouverez. Passez enfin à la suite de ce que vous avez à vivre. J'ai fait de mon mieux pour que vous n'ayez pas de problèmes, alors avancez ! Quand vous aurez des enfants, vous verrez, tout n'est pas facile. Pardonnez-moi si j'ai fait des erreurs, mais soyez certains que j'ai fait de mon mieux. Aïe, ma poitrine m'oppresse… je veux me rallonger. Merci les enfants. Vous avez gardé les meilleurs côtés des hommes que j'ai aimés.

Leçon de choses

SENT LISI

Sainte-Lucie est un pays insulaire des Antilles, au nord de la mer des Caraïbes, dans les îles du Vent, au large de la Martinique et de Saint-Vincent. On y parle l'anglais et le créole. L'île est dotée de deux montagnes très effilées, les Pitons, sur sa côte ouest. Sa capitale est Castries. Les habitants s'appellent les Saint-Luciennes et les Saint-Luciens, mais en Martinique on les appelle les « Anglais ». C'est l'île de ton père. Tu iras peut-être un jour. Peter s'y cache peut-être encore. Peter pourrait encore être un salaud, un malfrat, un terrible. Cela t'importe peu. Tu te rends parfois sur un coup de tête à la gare routière de Fort-de-France qui faisait face au Malecon. Les pistaches salées roulent sur ta langue, tu montes à l'arrière d'une camionnette blindée de monde qui file vers le sud de l'île. Tu descends en bordure de la route de Sainte-Luce : Corps de Garde, anse Désert, Mabouya, Pont-Café, Trou au Diable, anse Figuier, Trois-Rivières, Monésie, et là, tu te choisis un lopin de sable ou de terre, poses tes fesses dans les hautes herbes d'un petit morne et restes sans mentir des heures à contempler la mer. Par beau temps, tu colles ton regard sur la ligne d'horizon jusqu'à ce que les contours de Sainte-Lucie lentement s'offrent à toi. Sainte-Lucie, l'île de Peter – belle, allongée et paisible. À la pointe ouest, des collines généreuses s'élèvent au-dessus des flots et jettent dans l'horizon bleu leurs flancs escarpés. Par temps dégagé, le soleil fait briller dans l'eau des reflets d'améthystes et confère à l'île des allures de pierre précieuse. Où est-il, Peter ? Toujours aux Antilles, caché dans un creux vert gros-volcan, grimé sur l'une des plages au sable noir, exilé dans une des innombrables îles alentour ? Peter se trouve peut-être encore à Sainte-Lucie, caché dans une cabane à flanc de colline, ou bien au port, les pieds dans l'eau, ivre mort au comptoir d'un troquet de bord de route ? Chaque fois que tu plonges ton âme dans l'azur, l'esprit de l'Anglais parcourt les quelques miles pour te caresser les joues, te rassurer, arroser ta peau d'espoir, panser tes nombreuses cicatrices. Tu ne pries plus les dieux de pierre, des Terres-Sainville et de Bellevue, plus de cierges et d'eau bénite, tu parles à Peter. Tu lances un paquet de mots dans la mer avec l'espoir qu'ils lui parviennent. Parfois, dans la brume, se dessine une tortue luth ou une barque débarquant une poignée d'hommes, mais jamais n'en sort ton reflet.

Maintenant

Il est tellement plus dur de souffrir sur une île !
Tu peux courir dans tous les sens, aux quatre coins, la mer arrête tout
Tu t'épuises à lutter contre ce qui t'étouffe et t'isole
Les alizés ne soufflent pas assez de nouvel air
Tu peux péter les plombs, te jeter contre les parois salées de cette prison contours-sable, nager à contre-courant des Antilles, te laisser flotter puis dériver au hasard des flots
au bout du compte les vagues ramènent toujours les marrons sur la plage.

Max stagnait dans la mélasse gluante de ses tracas comme s'il ne les avait jamais quittés. À l'armée, tout était plus simple : ça filait droit, mais au moins il se marrait parfois, il savait relâcher la pression avec ses camarades, ils se tapaient dans le dos, parlaient de filles, se charriaient toute la journée, se moquaient des chefs et de leurs manies démodées, imitaient les plus couillons du camp. De retour en Martinique, les blessures-plaies s'étaient rouvertes, à vif. Max traversait de longues journées insipides, il errait sur les fonds arides d'une mer sans eau. Il passait des journées entières sans prononcer le moindre mot. D'autres jours, il marmonnait des brins de phrases, des *blablas* dans lesquels il se répondait à lui-même, il *charabiatait* contre le fantôme pluriforme d'Ami Georges en luttant contre le flot de souvenirs horribles qui lui arrivait paupières closes ou yeux ouverts, puis revenait en un sursaut à sa solitude. Les fantômes de Man Suzanne et de Claude lui semblaient prisonniers d'un au-delà assez proche, comme s'ils étaient tout près, chauds, palpables. Et si lointains à la fois.

Au fait, pourquoi ne pas se laisser mourir pour les revoir ? Toutes. Tous.

Tu as fait comme ils disaient à la messe
Tu as prié pour tes morts, pour tes défunts, mère et frère
Pendant les premiers jours d'après tu as veillé
tu les as aidés à oublier tout sur le chemin de l'au-delà
le goût du jus d'goyaves, le ti-nain mori *des jours de fête, les* sinobols,
le parfum sucré de la papaye au coin des lèvres, les filaments de mangue entre les dents,
l'air frais qui passe sous les vêtements, les baisers, les bruits du marché,
les doux chocolats-communion, les fous rires, les câlins, les odeurs de chacun,
les kli-kli-klis des crabes de terre qui traversent la route,
le bruit que font les arbres la nuit

Tu as murmuré mille fois à Claude que tu étais d'accord pour prendre sa place
qu'il pourrait toujours te dire s'il était d'accord
qu'il ne serait jamais trop tard
que tu troquerais volontiers Trénelle contre le Paradis,
Bellevue contre l'enfer,

À chaudes larmes tu les as accompagnés dans le tunnel sombre menant vers l'après
Tu continues chaque jour de dire à ta Man Suzanne qu'elle ne doit plus avoir de crainte,
qu'elle a toujours tout bien fait, de son mieux en tout cas,
qu'elle ne doit pas avoir de regrets, se sentir coupable de quoi que ce soit
Tu espères de tout cœur qu'elle a pu tirer quelques gouttes de joie de ce vacarme
Si la vie c'est ça, alors ils sont sûrement mieux là-haut

Et Dina, ta confidente, ta sœur, qui te chatouillait les pieds
D'un commun accord vous préférez vous dire adieu
Car vous voir serait revivre le passé
Vous parler réveillerait les vieux démons
On enfouit tout et on recommence.

Devant Max se dessinait un tourbillon de solitude et d'emmerdes. Il deviendrait sans doute ce jeune homme étrange, plutôt pas mal, taille moyenne, yeux marron clair, dont l'énorme barbe recouvrirait bientôt la splendeur des traits fins, ce gars qui monterait dans le bus les yeux à demi clos de lassitude, sans âme et sans ticket, qui fixerait sans regarder, écouterait sans entendre, avancerait ses jambes jusqu'à Trénelle, emprunterait frénétiquement le petit chemin jadis impraticable sans *coup' coup'*, traverserait sans regarder ni droite ni gauche la rocade nouvelle, reprendrait sa branche de manguier, se laisserait absorber par le reflet de la Madame et emporter par son courant violent. Comme tous les gars de Trénelle qui tournaient mal, Max marcherait sans chaussures, une corne épaisse sous ses pieds, car il marcherait tout-terrain, tout-village, sur les rochers de Madame, sur les plages de Saint-Pierre, les coquillages écrasés, le verre poli, les résidus de plastique, la merde de cabri, les demi-cocos coupantes. Il monterait aux arbres sans vouloir en décrocher les fruits, juste comme ça, devenu une sorte de bête errante, folle, aux yeux jaunes sans pupille. Comme les autres fous, il aboierait sur les gens de la ville, par rage ou par jalousie, leur reprocherait d'exister heureux, d'être heureux et d'éclabousser leur monde de leurs vêtements chers et de leurs chapeaux de paille de gros békés. Comme les autres, il volerait dans les épiceries pour s'évanouir de rhum en plein cagnard. Il vagabonderait en bas dans les ruelles de Fort-de-France, s'adosserait aux murs de béton tout neufs du quartier avec les copains de la rivière, s'assiérait le long du canal, les pieds dans l'eau dégueulasse, et se piquerait pour oublier avec la première seringue venue, oh pas besoin de chercher bien loin. Il marcherait nu, solitaire sur la RN 3 de la Trace en observant au loin le mirage-ribambelle de Man Suzanne et de ses frère et sœurs avançant main dans la main avant de s'évaporer en rayons éblouissants. Il grimperait sur les lampadaires brûlants de la Savane en se cuisant les paumes et les doigts de pieds, en se les tordant contre le fer. Il confronterait violemment l'impératrice Joséphine de marbre du haut de son piédestal je-vaux-mieux-que-vous puis il s'excuserait en lui faisant la cour comme à une vieille pleureuse de Vaval. Il irait torse nu en hurlant sur la Savane, courrait après les voitures en poussant des cris d'animaux, volerait encore plus de rhum dans les supérettes, se sifflerait les bouteilles sur les plages de sable et de gazole ou alors accroupi dans la gadoue de forêt sous une pluie battante. Il serait fou, malade, en perdition, sans espoir. Chaque nuit serait un carnaval grotesque sans foi ni loi. Fini l'église, fini les règles, fini la famille ! Et puis il prendrait un petit coutelas à la Rahan et irait une bonne fois pour toutes trancher la tête du démon où qu'il se soit caché, sous les regards estomaqués et impuissants. Ce mauvais œil, cette tumeur humaine, ce rejeton de Satan *qui t'obligeait à l'appeler par ce qu'il n'était pas pour toi.* Un carnage. Une vengeance. Ce que fait Zembla aux lions et aux requins. Un meurtre pour redonner vie à tes anges.

Autour de Max, il n'y avait que des fantômes, ceux des morts qui avaient patiemment attendu son retour, tapis derrière les gros roseaux, et ceux des survivants, des proches, de la famille, qui ne lui adressaient plus un mot depuis la mort de sa Man Suzanne. Sans elle, Max ne se sentait plus rien. Plus personne ne parlait à ce vaurien sans futur. C'était fini. Il ne serait plus qu'un orphelin errant, un clochard de Fort-de-France, un enfant raté des Antilles, un caillou mousseux dans les Caraïbes, délaissé par le ressac de toute chose, mal aimé comme la murène dans son trou.

Le fils de plus personne. Il se tuerait à petit feu.

Si les âmes rouge sang persistent ici-bas et que les bons petits anges s'en vont à tour de rôle
autant partir tout de suite ici n'est pas le bon endroit
tout le monde disparaît, les mamans, les papas, les frères

Au bout de la corniche, il y a un magasin de meubles
Tu sors de chez toi somnambule à l'heure du coq
Tu longes la route sans voiture – il est trop tôt – et tu avances tes yeux encore collés
Tu enjambes le portique, tu contournes le magasin et tu arrives enfin sur la terrasse
Le vent est chaud
Tes mains se posent sur la rambarde, tu te penches un coup puis tu te hisses debout au-dessus du vide
En bas, les gros rochers, l'eau des Caraïbes, Man Suzanne, Claude
Tu fermes les yeux
Tout est calme
Il suffit d'un saut

Non tu te ressaisis, tu reposes les pieds au sol et te voilà déjà allongé dans ton lit
à attendre le deuxième lever pour te lever cette fois du bon pied.

Non. Max ne se laisserait jamais glisser ainsi jusqu'à la mort.

L'instinct de survie prenait le dessus sur les jours de dépression durant lesquels il dépérissait. Plutôt que de se laisser voler comme une feuille ronde de mancenilier jusque dans la rivière, il se hissait chaque matin pour combattre son chagrin qu'il savait d'ores et déjà éternel – *ces choses-là ne te quittent jamais* – et il luttait debout contre ce vent contraire qui le bousculait depuis toujours. Lorsque Fort-de-France devenait trop étouffante, il prenait de la hauteur sur l'un des mornes derrière. Ou en face : il y avait un petit coin calme à l'ombre des grands arbres de l'hôtel Bakoua, aux Trois-Îlets.

Trénelle

C'est toujours un morne escarpé, accessible désormais par mille marches de béton. Séparé de l'en-ville par la rocade. On se retrouve vite face à un mur de cases à toit plat, vestiges de bois-florine, de brique et de tôle. L'odeur du béton brûlant monte à la tête. Accoudés au petit pont qui enjambe désormais la Madame, d'anciens compères étourdis par la chaleur, le rhum et la seringue, pantins prisonniers d'hallucinations – « Max ! Solo ! C'est toi ? » Tantôt une vieille voisine assise sur son fauteuil d'extérieur. Partout, les épaves de bagnoles désossées, éternellement en panne, transpercées par les fougères géantes, les banquettes fleuries par l'abandon. Chaque quart d'heure, le boucan d'un pot de scooter qui tranche le silence.

Puis, là, le gargouillis familier des rapides, ce coin d'enfance, la Ligue, ton cœur qui se serre. Les fantômes du passé bavardent, se balancent les derniers *milans*, l'odeur des légumes qui mijotent dans la casserole de Man Suzanne, qui t'appelle, te bassine, te court après, te caresse le haut du front, te couvre d'amour, « Max, Magasin ouvert » quand ta braguette est ouverte. Est-ce là votre potager qui git sous les débris de Peugeot grise couverts de mousse ? Personne ne vit plus où vous viviez. L'emplacement est maudit. La case n'est plus qu'un amas de tôle et de briques, abandonné au sort des lianes robustes qui ne se soucient guère de ton passé. La nature avance, coûte que coûte, recouvre et ensevelit. Ne compte pas sur elle pour conserver votre mémoire.

Mais ce n'est rien. Ton Trénelle, c'est toi qui le charries désormais, tout ton corps parcouru par ces voix familières.

Tu ne t'arrêteras jamais ici. Tu traverseras toujours le quartier d'un bout à l'autre, comme la rivière qui continue de se déverser dans la Caraïbe. La peur de prendre racine. De ne jamais en sortir. La honte qu'on te reconnaisse aussi, qu'on dise : « Regarde, c'est l'un des fils misérables de Man Suzanne ! » Tu ne veux de la pitié de personne. Tu traces.

Des ombres viendront noircir le tableau. Elles sont partout sur les chemins, glissent derrière les grands arbres, réveillent tes douleurs endormies, se faufilant assez bien dans les nombreuses failles de tes souvenirs. Croiser un fantôme du passé est une sensation particulière. Ceux de Trénelle seront toujours en toi, les bons comme les mauvais. Les humiliations, les blessures, les traumatismes, le manque d'amour. Le mal est fait, cela ne te regarde pas, plus. Ta responsabilité est ailleurs.

Le matin, il n'y a que l'odeur du café.

Le soir, tu hallucines, tu dérailles, tu médites, tu décompresses, tu pètes un câble, tu imploses, tu te calmes.

Comme tu l'as promis à Man Suzanne, tu ne mendieras jamais, tu tenteras de t'en sortir solo.

Et puis dans ta poche, il y a cette photo, rectangulaire et jaunie, la seule que tu as gardée. Man Suzanne est jeune, en bonne santé, pieds nus, coiffée d'un chignon, vêtue d'une robe blanche à motifs rouges, peut-être roses, les manches courtes laissant apercevoir sa peau claire sucré-salé. Elle sourit. Elle tient Marcelle sur son bras gauche, cette dernière ne regarde pas l'objectif, agitée. Sa main droite pend dans le vide, mais ses doigts trahissent son envie d'attraper le col de Claude. Lui est raide, guindé, penché en avant, dans une posture de défi. Ses bras reposent le long de son corps et tombent sur son short blanc. Il fusille l'objectif. En bas à gauche de la photo, Dina dans une robe aux mêmes motifs que celle de Man Suzanne. Elle regarde comme Marcelle sur sa droite, cherchant la ligne de fuite. Elle a les jambes écartées, ancrées dans le sol, les genoux rentrés vers l'intérieur. Et puis, tout en bas, contre le bord droit : toi, minus, bouche grande ouverte, chemisette blanche, short rosâtre, un pas derrière Claude. De grands yeux écarquillés, une peau alors lisse. Vos peaux ne semblent pas encore meurtries. C'est le temps d'avant les coups. L'époque où vos corps vous appartenaient, le dressage n'avait pas débuté. La photo est incomplète. Car en haut, dans le bord droit, c'est la place du père. Celle qu'Ami Georges a occupée, malgré toi, à la place de Peter. Un jour, le sol avait vibré sous tes pieds, cédé sous ton poids. Tous les coups, un à un, sans exception, vinrent taper ta peau de nouveau. Une déflagration qui fit se rouvrir toutes tes cicatrices, en un instant, tous les coups de ceinture, les gifles, les beignes, les calottes, les coups de pied, les humiliations, la cicatrice sur *ta* joue, Man Suzanne bousculée et repoussée contre la tôle, Dina tentant de se débattre, de s'enfuir, se coinçant maladroitement les cheveux dans le sommier et vacillant, courant, volant vers Caracas. Une douleur intense et des flashs de *ti* Max du temps *timoun*. Comme si Georges frappait tous les coups en même temps dans un dernier souffle. Comme si toutes tes cicatrices se réveillaient à vif. Bon voyage éternel. Bouillonne bien, *dorlis*, mauvais, oiseau de malheur, zombi. Tu l'avais tué mille fois avant qu'il ne meure. Tu as découpé toute une partie de la photo dans un accès de rage, celle où il se trouvait, tout fier, tout trônant. *Ah*, tu l'as bien balafré ce coin de photo avant de le découper tout simplement !

C'est ton Trénelle, tu gardes ce que tu gardes, tu balafres et saccages le reste.

Ton petit Trénelle. Ton tout petit Trénelle.

Et ce coin de photo, tu vas le remplir. Devenir Peter, devenir celui que tu as toujours rêvé de trouver. La vie t'aura simplement offert un faux départ. Vite, une chaude lumière pour tout recommencer.

REMERCIEMENTS

Écrire *Trénelle* a été une aventure magnifique et solitaire, mais vous êtes tant à m'avoir conseillé et guidé.

Tout d'abord, merci Papa de m'avoir raconté Max, sans savoir ce que j'avais dans la plume. Je sais que ce livre a été une aventure pour toi aussi. Toutes ces lignes découlent de tes souvenirs, de ta confiance et de ton amour.

À Ariane, ma première lectrice et ma lumière. Merci d'avoir donné tant de bonnes ondes à ce texte, de m'avoir soutenu, et ce depuis la lecture du premier chapitre. Ce livre n'aurait pu voir le jour sans toi.

À Marvin, mon petit et grand frère, original sidekick depuis août 1993. Merci de m'avoir autorisé à fouiller dans ce passé commun, celui qui bouillonne en nous depuis toujours.

À ma mère Nathalie, de m'avoir apporté ses précieux conseils, de me rassurer dans chaque nouvelle aventure et de m'avoir introduit à Astérix, mes premières lectures !

Merci à Claude et à Marie d'avoir consacré beaucoup de votre temps précieux à me relire.

Aux membres de ma belle et grande famille qui ont lu le premier jet et dont les mots emplis de bienveillance m'ont permis de m'accrocher encore plus à ce récit, j'ai la chance de vous avoir : Mimi, Gigi, Flo, Annie, Gilles, Noémie, Laure, Pierrot, Laure, Jake, Nina, et Ginette.

À mon agent Sophie Chédru d'avoir cru en cette histoire dès le début, à mon amie Rokhaya Diallo d'être à l'origine de cette rencontre.

À mes éditrices Christine Féret-Fleury et Hélène Gédouin chez Hachette Livre d'avoir donné une maison à ce texte et de m'avoir aidé à en trouver la meilleure version, avec douceur et patience.

À Suzanne, Claude, Maryse, Maguy, Jessie, Jodie, Cendrine, Mickaëlle.

À M. Jérôme Foiret du lycée Maurice Utrillo de Stains qui nous a montré que la littérature s'adressait aussi à nous – Diderot, Montesquieu, Rousseau, Voltaire, Zola, Marivaux. À Mme Chantal Ayivi du même lycée, qui m'a fait lire Toni Morrison en décomplexant mon rapport à la lecture. À Mme Joëlle Marchal de la classe préparatoire hypokhâgne du lycée Jean Jaurès de Montreuil qui nous a fait étudier puis rencontrer Édouard Glissant et Patrick Chamoiseau. À Corinne Lellouche, qui a accompagné l'écriture de ma première nouvelle *Zétwal* et qui m'a incité à rêver d'écriture.

Enfin, j'aimerais remercier mes amis, et d'autres professeurs qui chacun ont joué un rôle durant ce long chemin d'écriture : Martin Balmand, Chloé Balut, Line Gigot, Jean-Trésor dit « JT » Attiapo, Sami Cherkaoui, Sohela Moussaoui, Asya Djoulaït, Laurence Manfrini, Valérie Patrin-Leclère, Olivier Aïm, Clotilde Chevet – un immense merci pour vos encouragements, vos conseils et votre bienveillance.

À toi, Siam.